Perché tu mi hai sorriso

Della stessa autrice presso Bompiani

Né con te né senza di te

Paola Calvetti
Perché tu mi hai sorriso

Questo libro è un'opera di fantasia. I personaggi e le vicende menzionati sono invenzioni dell'autore e hanno lo scopo di conferire veridicità alla narrazione. Qualsiasi analogia con eventi realmente accaduti o con persone vive o scomparse, è assolutamente casuale.

© 2006 RCS Libri S.p.A.
Via Mecenate 91 - 20138 Milano

ISBN 88-452-5574-3

I edizione Bompiani gennaio 2006

a Giò

Cara Virginia,
ho avuto una settimana terribile dovendo uscire per i miei impegni alle dieci anziché alle nove per poi tornare a casa e andare a letto alle sei. Credevo che mi sarei rimessa in sesto per martedì, e invece sono stata convocata da una signora piuttosto difficile a vedere certi tendaggi per la camera da letto e il colloquio si è protratto fino alle sei e quindici
la tua devotissima Sybil

Il giorno dopo incontrai per caso una persona che era stata a un cocktail e aveva visto Sybil. Si è parlato per caso di tendaggi per la camera da letto? – domandai. A quanto pareva, no. Io l'ho rinfacciato a Sybil; lei non si è neppure difesa da quella sciocca menzogna. Perché continuare a vederci, mi domandavo?

Virginia Woolf

Sarà la mia estate con lei.
E i tubicini di gomma e le flebo e le scatole di Riluteck sul comodino.
La incontrerò per fare un tentativo. Per riprendere una preghiera interrotta.
Ho provato a chiamare Michele più volte, mentre organizzavo una valigia senza spada né fioretto. E nemmeno un mazzo di anemoni freschi a ingentilire il mio viaggio con biglietto di sola andata. I Levi's 501 sbucciati sul ginocchio che mia figlia guarda con boria da adolescente, le infradito di cuoio, camicie bianche di cotone e di lino, un paio di pullover e un bloc-notes per i pensieri urgenti.
E la musica. Compressa in una scatolina bianca.
Il suo cellulare è staccato e poi al solito sarà stanco dopo tutto il suo lavorare e mangiare in trattorie dalle tovaglie a quadri e il parlare con gli "assistiti".
Lui li chiama così.
Poveracci che non muovono in lui un minuzzolo della pietà che a me parrebbe ovvia. Fascicoli. Nomi

e numeri che intreccia su un cruciverba di esistenze vulnerate, mappe cromosomiche di assassini e malfattori, gente che picchia la moglie e assedia la fidanzata con un coltello a serramanico, pregiudicati e rubamazzi che Michele soccorre gratuitamente nelle difese d'ufficio. Il suo numero di telefono è negli elenchi della Procura e se qualche disgraziato non può permettersi un legale, lui corre al capezzale della legge.

Io camminerò cauta verso quello di mia madre.

Da quando lo conosco affastella sulla scrivania dello studio rivoli di sangue, campioni in provetta, derive cromatiche dal cremisi al rosso sbavato di nero, dal vermiglio al rosa fulvo, giù giù fino al viola ciclamino. Shakespeare ebbe il diritto di schizzare sangue tra le parole, lui fa l'avvocato penalista e autorizza se stesso a mentire.

"Nell'attività processuale non esiste dovere di verità. La verità legale definita la terza dimensione, tra errore e verità, che si accetta per comodità sociale, ossia del risultato delle deposizioni dei testimoni e dello studio dei documenti, non ha nulla a che vedere con lo svolgersi dei fatti e con la loro corretta, forse impossibile interpretazione."

Mi inchiodò con una citazione di questo tipo, quando insistetti sul paradosso della passione forense, un'occupazione che credevo avesse a che fare con la passione per la verità.

L'ho sposato e quel giorno ero sicura di amarlo.

Il guaio è che potrebbe trovarsi a Torino, a Bari o chissà dove e camminare trafelato nell'atrio di un tribunale, trascinando una cartella sfondata che trabocca di casi ai quali deve provvedere. Per assolversi, forse, tra un'udienza e l'altra, da colpe che non conosco. So poco del suo curriculum scolastico: provò col seminario, ma durò un semestre appena.

Poi, la giurisprudenza si prese la sua vita.

Forse non risponde perché il mio numero appare sul display, ma ieri è successa una cosa apparentemente insignificante: ho riletto per caso la lettera di Sybil a Virgina Woolf e mi sono sentita in buona compagnia. L'ho portata con me sul soppalco, il libro aperto su quelle parole ferite da un inciampo lessicale.

Ho passato la giornata a leggere Keats. Forse è il più grande di tutti e se ne infischia di mostrarsi umano... Sono convinta che ogni bene, così come ogni male, provenga dalle parole...

Pesco a caso, tra pagine simili a foglie seccate. Addestrata a sentire la fitta al primo fruscio.

... metti questa lettera dove merita, nel cesso; non la spedirei se solo potessi scriverne una migliore, ma non è possibile. VW

Prendo coraggio e mi chiedo perché sono così arrabbiata. Be', ero arrabbiata (ma Keats se ne infischia di mostrarsi umano, e allora anch'io) perché è assai probabile che mi abbia raccontato l'ennesima bugia.

Non mi tradisce, ma forse non è questo il punto.

Semplicemente se ne sta per i fatti suoi e non mi racconta cosa sogna, chi vede e perché.

Quando non mente, Michele omette.

Ora, a costo di essere prolissa e finire nel cesso, scriverei io, una lettera a lui. Di questi tempi non credo a una parola di quello che dice, dalla più informale alla più retorica, tipo va tutto bene, sto così così, sono a pranzo con un cliente, ti richiamo io. Roba da ascensore, da treno, da supermercato.

Da matrimonio.

Potrei fregarmene, ma vorrei scrivere – tanto non risponderebbe – perché questa urgenza lo rende ufficiale, "stai lontano da me, dalle tue bugie da garzone. Sono così offesa". Ma è mio marito. Da quindici anni.

"Io non mento. Esercito la menzogna," mi disse, sorridendo dietro occhialini tondi, cerchiati di metallo. Una malìa dovuta alle lenti, perché dietro il vetro i suoi occhi blu sembravano ancora più grandi e le sopracciglia dei cespugli arricciati dal vento. La prima volta, all'uscita di un cinema, mi guardò da occhialuto e io mi immersi in quei laghi di promesse senza tanto riflettere. Forse, se non mi avesse presa alla sprovvista con un bacio da marciapiede e avesse prudentemente indossato lenti a contatto, adesso non starei qui ad arrovellarmi sulle sue probabili omissioni.

Visto dal soppalco il rompicapo è: chiarirò i miei sentimenti nei suoi confronti restando lontana? Ho vissuto dentro di lui tutti questi anni, ora che ritorno in quella vecchia casa, lo sentirò diverso?

Il punto è che sono allergica alle bugie.

"Dico bugie per cercare la mia verità."

"E qual è la tua verità?"

"Ne ho trovate tante. Ma non mi bastano mai."

È un'alleanza ovattata, la nostra, che divora silenzi.

Con noi, ma forse dovrei dire *fra* noi, c'è Fanny, il secondo enigma della mia vita, iniziato su un aeroplano che mi portava a New York in viaggio di nozze. Michele mi aveva chiesto di sposarlo trentasei giorni prima di quel volo con un fax, che ronzò sulla mia scrivania come l'ala di una libellula.

Ti amo, Nora. E amo "la cosa", anche se fino all'altro giorno diventare padre non era tra i miei progetti. Vuoi sposarmi?

Gli infilai la risposta sotto il tergicristallo dell'automobile: un foglio di carta intestata, scritto con un pennarello a punta grossa.

Tutti pensarono dietro ai cappelli, lo sposo è impazzito oppure ha bevuto, ma la sposa aspetta un figlio e lui lo sa. Non è così che se ne andrà...

Mi appostai sul marciapiede opposto al Palazzo di giustizia, fino a che non lo vidi salire in auto, scendere di nuovo e rimettersi al volante canticchiando con aria soddisfatta.

"Come lo chiamiamo?" domandai al mio sposo sprofondato nel sedile, sfilandogli le lenti dal naso.
"Chi?"
"Il bambino."
"Junior, è semplice. Così quando diventerà procuratore – perché se ne fregherà dell'arte e seguirà le orme paterne – basterà aggiungere una targa dorata sulla porta dello studio."
"Lo immagino come una sintesi. Riceverà in eredità le tue guance paffute, le mie dita agili e la capacità manuale, potrà contare sul mio intuito e sulla tua astuzia. Sarà vulnerabile come la madre e scal-

tro come il padre, amerà con stoltezza e saprà prendersi gioco di ogni tranello. Nostro figlio sarà la somma di ciò che rimpiango come se l'avessi avuto."

Quel delirio da primipara felice andava soppesato meglio, a pensarci adesso. Forse è tardi e probabilmente Michele avrà cancellato dai suoi archivi quella premonizione.

"Che ne dici di Davide? Davide è 'diletto', 'amato da Dio'. Non studierà legge né storia dell'arte. Scapperà in Australia e surferà sulla bambagia bianca dell'Oceano."

Dopo sei mesi e dodici giorni è nata Fanny.

Non un nome selezionato a caso, ma un rigurgito da cinefili per *Fanny e Alexander*, che aveva reso inservibile ogni illusione sulle famiglie felici. Ha quattordici anni e si trova alla St. Antony's Leweston School di Sherborne, college "in stile vittoriano", a perfezionare un inglese ancora stentato.

E a farsi tatuare sulla caviglia il nome di un nuovo amore.

Squillo uno. Squillo due. Significa che devo richiamare. Anzi, chiamare. Le ho fatto duecento euro di ricarica e non digita nemmeno un sms per dirmi tutto ok.

La telefonata oltre Manica è inconfondibile: due trilli prolungati anziché uno, solitario, come da noi. Fanny si perfeziona da una settimana e pare passarsela bene. Difatti da tre giorni non dà notizie. Né io ne cerco. Ho deciso che non le dico della nonna. Le è affezionata ed è l'unica che ha.

"Mi hanno messa ai domiciliari."

La vocina lamentosa è sospetta. Ostento calma. Con lei funziona così. Al primo cenno di apprensione materna rincara la dose.

"Cosa significa ai domiciliari?"

"Poi ti spiego, ma adesso rispondi: secondo te io posso rubare un cd dei Phantom Planet che ho già? Cazzo me ne faccio?"

"Fanny, non dire cazzo e spiegati."

Oggi deve essere giornata. Una serie di coincidenze ha condensato in una manciata di ore un tema decisivo: la percentuale di verità che occupa le mie giornate. Rileggere *proprio* quella lettera della Woolf non è stato un caso o forse come mio solito trovo connessioni tra elementi che non ne hanno affatto e magari è l'afa di Milano a rendermi più suscettibile o la vernice fresca che inalo da quassù.

"Te le tiri tu, le bugie." Direbbe così, mia figlia, con protervia da puledra.

"Il fatto è che quella troia della tutor mi accusa di avere fregato un cd a quella stronza di Giulia, che sta in camera con una tipa che si fa la doccia ogni tre giorni e ha l'alito cattivo. Una di Barcellona, mi pare. Questo è un carcere minorile, mamma, altro che vacanza-studio. Pensi che io sia così deficiente da rubare qualcosa che ho già? Te lo giuro, non c'entro con 'sto casino."

"Penso che non sia carino dire tutte queste parolacce, ma non che tu sia così sciocca. E poi chi sono i Phantom Planet? Devo telefonare alla signorina Caldwell?"

"Vuol dire che non ci lasciano uscire per tre sere di seguito. Due palle così, mamma, ma lascia perdere. Richiamo io."

Clic. Tasto pigiato.

Che cielo vedrà Fanny dalle finestre dell'austero edificio del Dorset dove l'abbiamo parcheggiata?

Where the streets have no name

Da qui l'ora è schiva. Rinvia gli arrossamenti sfacciati del tramonto, ma non ne controlla le vampe che la screziano simili a chiazze di vergogna. Luce a cavallo, senza arte né parte. Non più chiarore, né ancora buio. Non passione, tenerezza tutt'al più, membra molli affrancate da ogni austerità.
A Milano, no.
L'ora tranquilla, quella che dal trascolorare del mattino migra verso il pomeriggio e porta al passaggio meditato della sera, è slavata come un volto struccato.
Milano, in agosto, è affidata ai custodi del suo silenzio che trascinano i piedi con passo indolente, i polpacci rinsecchiti, le caviglie nude. Vecchi dimenticati dietro porte che non apre nessuno, pronti a congedarsi senza disturbare. Creature invisibili che nella scampagnata cittadina del pomeriggio picchiettano il grigio di vestagliette a fiori e calzoni stirati con la piega al centro. Un uomo in canottiera, lungo e secco come un bastone da passeggio,

regge un sacchetto di cellophane agganciato all'avambraccio. Biscotti Oro Saiwa, latte a lunga conservazione, olio d'oliva, michette di pane. Un pacchetto di sigarette col filtro, in attesa dei giardini, la panchina all'ombra dei platani e un povero diavolo a cui passare parola. I giornali e la televisione ritraggono gli anziani come macchiette: accasciati su una sedia nel balcone mentre si fanno vento con le pagine di un dépliant, davanti al tavolo della cucina sintonizzati sul notiziario-radio in attesa che il formaggino si sciolga nelle farfalline all'uovo o al bar, con il mazzo della briscola o del tressette tra le dita.

I più audaci spingono il carrello del supermercato sotto il fiotto dell'aria condizionata che distrae dalla canicola e accappona la pelle.

Appollaiata sul soppalco, origlio il marciapiede che costeggia gli argini dell'Alzaia Naviglio, mentre l'uomo secco si allontana col bottino della spesa. Intercetto gli occhi bigi di un bastardo che ondeggia il muso umido strisciandolo tra granuli di catrame. Ha il pelo inzaccherato, le zampe si impigliano nell'asfalto che squaglia sotto il sole malato. Cerca cibo tra mozziconi di sigarette e fogli unti e profitta di una solitudine senza padroni. Nella via, le saracinesche abbassate dei negozi sono decorate da necrologi fosforescenti, palpebre metalliche chiuse per ferie.

Milano, in agosto, non puzza nemmeno.

La sua malinconia strisciante è distinta dall'odore, anche a quest'ora, che reclamerebbe versi di eccitante poesia. È questione di punti di vista, ma odio l'estate e questo esclude che io possa esprimere valutazioni più flessibili. Fra poche ore la mia visione cambierà, sentirò colare sulla pelle il cielo sfregato d'argento e le strisce di sole ancora tiepido al centro della valle che dal terrazzo di casa vibra come gelatina dal bordo di una nave.

Montevecchia e la mamma, sospese nella foschia, mi aspettano.

Inspiro a fondo, inalo l'intonaco fresco che dà lo stesso pizzicore del barattolo di coccoina che annusavo alla scuola elementare. Il ragazzo della ringhiera di fronte mi ha tinteggiato il negozio. L'avevo puntato dal ballatoio, teneva in mano il rullo gocciolante e gli ho chiesto la tariffa.

"Cento euro a locale, signora. Se c'è da scrostare fanno duecento, una parete liscia con due mani cambia faccia. Finisco e vengo a vedere?"

Con trecento euro ha colorato di albicocca – arancio e bianco, aggiustati con una bava di rosso – anche le pareti del bagno e del magazzino quassù. Un buco di trentasette metri quadri acquistato a un prezzo eccessivo, ma lo sognavo da anni un podio così, lo starter della mia nuova vita.

Un tappeto da preghiera berbero sporca di sabbia le doghe di legno dilavato, le pareti – spoglie – suggeriscono di prendersela con calma. Sotto il chiarore che piove da un lucernario inclinato ho sistemato un banco da falegname di fine Ottocento, dove i ceppi di ferro e le morse ai lati danno l'idea di bloccare il pezzo come fosse plastilina da manipolare. Vi ho disposto i miei "gingilli", come li chiama Mister Perfettini, che non spiegazza la camicia sotto la toga nemmeno durante le arringhe più accese: alcool, gomma lacca, pennelli, stucco, spatole di diverse misure si spartiscono lo spazio con ciotole di terra, colla a palline e ambra a tocchetti, carta vetrata fine e media, bottiglie di olio paglierino neutro, cera in barattolo, siringhe e occhiali di protezione, la maschera antipolvere, i guanti di cotone. Attrezzi da chirurgo o da odontotecnico per chi guarda i miei tronchetti di legno ricurvo alla stregua di gengive malridotte. Accanto alla scala a chiocciola che conduce al mezzanino ho sistemato un manichino da sartoria bardato con il grembiule che mi ha regalato il bidello, quando mi sono congedata a fine anno chiudendomi il portone e gli studenti dietro le spalle: "Venga a trovarmi, Nora, ormai le professoresse sono tutte nuove e non ho più nessuno con cui parlare dell'Inter."

Su un inginocchiatoio ho impilato risme di fogli giallo paglierino, padrona del mio regno in uno spazio da riempire di me. Non è un'idea originale: Virginia Woolf è stata un modello per generazioni di fanatiche e non ha mai smesso di sedurmi con le sue voci dentro il cervello e i mali di testa e la sua farneticante poesia.

Convincere il proprietario non ha richiesto lunghe trattative: faceva il calzolaio e mollava tutto perché "signora mia, le scarpe ormai non le risuola più nessuno e i miei bronchi si stanno incollando". Con i polmoni appiccicosi e la moglie in collo, il ciabattino era deciso a trasferirsi a Viserba, sulla Riviera Adriatica, dove il mare è piatto e fidato anche d'inverno.

Io, invece, ne ho abbastanza di aule dove svernano adolescenti sfaccendati e insensibili alle rotondità del Caravaggio e all'anoressia delle donne di Schiele. Ci avevo provato anche con la psichedelia dei Pink Floyd. Tutto inutile. Sono un tipo poco tollerante, lontana dal prototipo dell'insegnante comprensiva, autorevole e mediamente severa. Li ho lasciati per sempre alla fine dell'anno scolastico dopo avere scoperto che – grazie alla mia smodata passione per i pendenti – mi ero guadagnata l'epiteto di "ragazza con l'orecchino di perla".

Proprio loro, un tempo adorati, mi erano diventati indifferenti.

Avevo smarrito l'ingenuità dei miei esordi dietro la cattedra, quando insegnare per uno stipendio da fame era andare in missione verso la bellezza. Trimestre dopo trimestre li ho difesi da colleghi irrigiditi dalle abitudini, ho ricevuto parenti spaiati e coppie felici, controllato firme di genitori, tramutato insufficienze in striminziti sei, tanto l'arte è materia voluttuaria, mica come fisica o matematica.

Non ce la facevo più a invecchiare davanti a gente che aveva sempre la stessa età, gli stessi problemi e cambiava solo lo slogan sulla felpa. L'incontro con il ciabattino – del tutto casuale e dunque prodigioso – mi aveva convinta ad abbandonarli senza sentirmi colpevole.

Rispolverato l'attestato di idoneità, ho scansato

con una certa abilità il bonario cinismo di Michele, la sua avversione per i mutui ventennali e i suoi offensivi paragoni con la vita monastica alla quale, secondo le sue previsioni, ero inesorabilmente destinata.

"Mi dedicherò al restauro," ho annunciato con aria svagata a marito e figlia in una fresca mattina di aprile, mentre servivo in tavola una colazione particolarmente sontuosa.

"Mamma! Sei una prof, non puoi cambiare lavoro alla tua età."

"Non essere maleducata, Fanny, mica sono decrepita," precisai, affogando cereali in una tazza di latte freddo.

"Insegnare è una forma d'arte, tesoro. Quei ragazzi si sentiranno traditi. Ti mancheranno i loro casini, i distributori di merendine, i registri di classe. Sarebbe come se io non frequentassi più carceri e tribunali: non riconoscerei le mie giornate. Fra qualche mese non ne potrai più di pensare a voce alta per non sentirti sola. E poi, parliamo di restauro o di riciclo?" mi apostrofò lui, con la prudenza di chi prova a svegliarti da un sogno senza farti troppo male.

"Chiamalo come ti pare, Michele. Uso meglio le mani delle parole, io. E raschiare un pezzo di legno dà più serenità di una pasticca di Tavor."

"Va bene, Geppetta. Ti amerò anche con le dita che puzzano di resina."

Non conosceva, lui, la soddisfazione che si prova nel restituire dignità a cornici corrose, nel trasformare violini scordati, nel personalizzare cassapanche e impagliare seggiole con l'ingegno di un prestidigitatore e a costi ragionevoli.

La mia aspettativa dal mondo era iniziata con l'ultima telefonata del dottor Nardi.

Home Again

Un fagotto accartocciato nel sacco a pelo si copre il capo con grandi mani dalle unghie annerite. Le tiene come fossero una ghirlanda di carne e di ossa sul guano di piccione che riveste i gradoni di marmo della Stazione centrale, Salpétrière nostrana dalla facciata pretenziosa e da poco ripulita, che questa mattina è una piana lastricata di tossici e mendicanti organizzati in condomini di casse da imballaggio, sopravvissuti tra i loro arredi, i sacchetti di carta con gli avanzi, i preservativi flosci, i fiaschi svuotati dal nettare che ha favorito il sonno, le pagine strappate dalle riviste patinate. Stoffe da bazaar metropolitano. Il sole si nasconde per la vergogna sotto un manto ferrigno, i suoi raggi invisibili cuociono le pensiline in ferro battuto e le mie braccia nude.

Incrocio turisti spaesati con la valigia a rotelle, ignari che lo sciopero nazionale dei ferrotranvieri scatta fra meno di un'ora. Occorre affrettarsi, ma il McDonald's è aperto e non mi pare vero di poterne approfittare senza subire l'ironia della mia principessa: "E la dieta, mamma? Tutte le menate che mi fai sull'alimentazione! L'hamburger è un covo di grassi e calorie."

Fanny è al sicuro, adesso.

Non vede quello che fa male a sua madre.

Un uomo obeso si trascina con due stampelle conficcate sotto le ascelle e mi mette sotto il naso – come può – un inutilizzabile biglietto per Napoli. Non ce la fa a spingere i vetri spessi del fast food, né io ho cuore di dirgli che i treni per il Sud saranno fermi per le prossime ventiquattro ore. Gli indico il pannello partenze: frulla un *cancellato* dopo l'altro e penso a quanto sono fortunata se riesco a prendere l'ultimo treno per Cernusco Lombardone, che se ne sta parcheggiato come un giocattolo al binario sette. Un uomo di età indefinibile, con una barba dai peli ispidi che gli sfiora lo sterno, mi chiede una sigaretta. Ha occhi opachi, pupille acquamarina squagliate nel bianco, lunghe ciglia incrostate di cispa, lerce come lo straccio di cuoio che si porta addosso.

"Persona affetta da barbonismo," lo definirebbe Michele che con l'Associazione avvocati di strada lotta contro la burocrazia per offrire a questi viandanti contemporanei dei regolari certificati di residenza nel cartone. Gli allungo due sigarette e un biglietto da cinque euro, senza riuscire a trattenere l'onda di infantile trasporto che mi scuote ogni volta che mi trovo al cospetto dei poveri e dei vinti e degli sfigati in genere. E la fitta, sempre la stessa, il bersaglio dove si conficcano le frecce invisibili della mia ostinazione. Mi salverebbe la possibilità di pagargli una notte alla pensione, una cameretta per rasarsi e darsi una pulita, una *locanda* dove riempirsi lo stomaco, proprio come facevo con mia cugina nel Gioco della Fiammiferaia. Nei pomeriggi d'inverno si usciva sul balcone, a turno: una bussava, l'altra apriva la porta-finestra, faceva la faccia stupita e gli occhi scintillanti di generosità, la accoglieva come i poverelli di Dickens, offriva una merenda, un bagno caldo, una carezza.

Poi, giocavamo alle Barbie.

Michele, che di scarti umani dice di intendersene, sostiene che per alcuni è una scelta e che non tolgono il cappotto nemmeno d'estate per paura che glielo sfilino di dosso mentre dormono. Anche Occhi azzurri indossa una specie di cappotto: è di un indefinito marrone cacca, ha le maniche corte, la tasca scucita penzola come un francobollo scollato. "Molti barboni," sostiene mio marito, "stanno bene così" e io non mi capacito dello "stare bene" di uno che sotto questa asfissia ha per guscio un treno merci dove ritirarsi come una lumaca nel terrore di essere schiacciata.

Fa segno di volere accendere. Scema e maldestra, certo che non ha un accendino. Gli regalo il mio, di plastica blu. Borbotta un "ho fame" e basta questo perché io tenti di intavolare un discorso.

L'ansia morde lo stomaco come un roditore. "C'è qualcuno che gli vuole bene?"

A lui non importa del mio bisogno di sapere, questo è un povero Cristo sul serio.

Non vuole sapere se gli vuoi bene, Nora.

Piuttosto mi si scoperebbe, chissà da quanto tempo non tocca una donna. Accendo una sigaretta anch'io, gli allungo altri cinque euro e la fitta e il caldo e l'uomo sporco mi tolgono il fiato. Lo sciopero ha svuotato la stazione ed è come se anche lui si prendesse una vacanza. Scappo sull'ultimo regionale dal finestrino fuligginoso come le occhiaie della signora grassottella, che a fatica riesce ad appoggiare il bagaglio sulla retina, tenendo stretta al petto una sporta di vimini. Odora di peperoni e mi viene in mente che non ho fatto colazione. Siamo le sole passeggere nello scompartimento, insieme a un gruppo di boy-scout in calzoni di velluto. Siede sul sedile di fronte a me. Le squilla di continuo il cellulare, risponde, tranquillizza qualcuno: "Sì, ce l'ho fatta. Sono in treno." Partiamo. Il mio barbone fuma da qualche parte, in cerca di nuove, gentili signore che offrano sigarette col cuore stretto nella pietà.

Visto dal vagone surriscaldato, il paesaggio corre lungo il nastro di asfalto, recintato di fabbriche e capannoni, un'autostrada carica di vacanzieri in coda, avvolti da nubi di ossido di carbonio. Tra le villette a schiera che preludono alla ricca Brianza intravedo brani di campagna incoltivata, sterpaglie che invadono le rotaie e cartelli che offrono la loro monotona, invariata comodità: dentifrici, saponi da barba, lampadari, televisori, sughi, automobili delle quali non saprei che fare. Non ho mai voluto prendere la patente per incapacità e un irrazionale attaccamento al passato. Difatti mi sarebbe piaciuto avere un calesse.

"Le dà fastidio se apro il finestrino?"

"No, prego, fa così caldo," risponde la mia compagna di viaggio. Se cambiassi posto penserebbe che mi disturba. Così sto immobile, le ginocchia che toccano le sue. Il vagone è vuoto e i boy-scout cantano in coro.

Sulla piazzuola di fronte alla Stazione di Cernusco Lombardone la corriera dalle fiancate blu elettrico e i sedili scozzesi aspetta. Mi regalo una corsa in taxi. Sin da piccola soffro il mal di pullman.

"Arrivederci, signora, buone vacanze."

Villa Nora, sul cocuzzolo della collina, è circondata da un tappeto verde srotolato tra me e la natura. Quando fu costruita, a metà del Seicento, la torretta diroccata che nessuno si prende la briga di ristrutturare "tanto non c'è più nulla da avvistare", era un formidabile punto di avvistamento. Lì dentro, sotto il tetto collassato e l'erba che cresceva sul fondo, nei pomeriggi a caccia di solitudine, è cresciuta in modo smisurato la mia immaginazione, certo a causa dei rovi e del rosmarino e dei cespugli che l'assediano. La villa fu restaurata all'inizio del secolo scorso per lo zio Ernesto malato di pertosse. I singulti gli squassavano il petto, ma a Montevecchia lo zio guarì e alla sua morte, decenni dopo, la villa venne ereditata da mia madre.

È tutto spento. Le persiane sono accostate, le stanze sono fresche, nessuno mi riceve e dispensata dai saluti sgattaiolo in cucina a proiettare il trailer del mio prossimo futuro. Il cellulare di Michele non risponde, senza rimorsi spengo anche il mio, con la speranza di regalargli qualche ora d'ansia. Nel frigorifero è allineato il silenzioso benvenuto della Nina: le carote, i peperoni, i pomodori, cespugli di insalata, cipolle, mele rosse, tre bottiglie di Menabrea e una confezione di formaggini freschi, la specialità del paese. Ne metto tre al centro del piatto, lascio colare su quel candore un filo d'olio crudo con un pizzico di sale. Le teiere della nonna mi guardano dalla credenza con occhi piccoli come chicchi d'uva passa insieme alle coppe di cristallo per la macedonia, le tazzine da caffè con le violette, i porta-uovo a becco di papera, i boccali per la birra, i barattoli di latta del mercato delle pulci di Parigi. Un bric-à-brac che rallegra la mia spossatezza e accontenta il mio bisogno di silenzio da tenere addosso come una coperta.

Non l'hanno avvertita, per lei sarà una sorpresa.

My Way

Eccomi.
Ti ho raggiunta nel tuo asilo da fuggiasca.
Spingo all'ingiù il pomo di ottone e accedo al sudario di mogano che drappeggia le tue notti da decenni. Nell'aria, odore di colonia diluita al tuo respiro calmo. Invado la luce biancastra della camera e mi sento *già* un fantoccio in jeans e scarpe da tennis. Mi sembra prematuro aderire al tuo progetto di immobilità, così piroetto su me stessa come un clown e segnalo la mia presenza con un brio che giudicherai poco adatto alla situazione.
"Sono arrivata, mamma."
Sei distesa nello stesso letto dove sono nata, sotto i tuoi occhi lividi a furia di spinte, incauta e prepotente già da quel primo squarcio tra le cosce spalancate. Me lo dici ogni volta che ci metto piede, in questa grotta ammobiliata, che fu un parto interminabile e doloroso e che sono stata fortunata con Fanny, "l'ennesima femmina della famiglia!", sgusciata fuori di me in pochi minuti, la testolina bagnata e il corpo aggomitola-

to in una patina di latte cagliato. Un ultimo scudo di protezione dal mondo, che Michele asciugò con un panno tiepido, mentre gocciavano sul suo mento lacrime che sapevano di mare.

La nanny in divisa ti aiuta a sedere sul letto, ecco così, delicatamente, dacché nelle ultime settimane i tuoi muscoli si sono illanguiditi e sollevare le tue braccia pare affliggere anche lei. Ti infila la vestaglia, odora di ammorbidente, ha maniche lunghe e un vezzoso merletto che orna i polsi. Fatichi a respirare eppure sembra non pesarti la condizione di ammalata, ma io ti conosco, mamma, e so bene quanto ti lusinghi essere accudita.

Siedo accanto a te, figlia ravveduta e prudente, le spalle infiacchite dal caldo e da premature raffiche di paura.

È ancora presto per provare pietà, ma so che prima o poi sentirò ringhiare nel petto la tagliola del dolore e assaporerò ogni possibile gradazione dell'amore filiale.

Queste, almeno, sono le mie intenzioni.

Accettando di farsi da parte, Michele e le zie e le amiche mi hanno definita una donna coraggiosa, hanno ammirato la mia scelta. E con ogni probabilità l'hanno fraintesa, ma il loro grossolano fraintendimento era esattamente quello che volevo.

Sarà la mia estate con te.

Per poterti esaminare in pace, mamma.

Io non ho fretta e chiedo anche a te di dotarti di pazienza. Ti abbiamo trasferita in questa casa quando abbiamo capito che litigare con i tuoi muscoli sarebbe stata l'ennesima, vana battaglia contro un nemico del quale ormai conosciamo ogni perversione e per il quale non esiste altra contromossa che un'amorevole attesa.

"Ha diritto di accomiatarsi dalla vita in modo sereno," ha sussurrato il neurologo, come se fosse semplice rinnegare gli oggetti che si sono annusati per anni senza sentire lo strappo e che farlo nella casa delle vacanze, magari dopo avere dato loro un'ultima, rapida occhiata, possa sollevare dalla pena di abbandonarli.

La signora che deve vegliarti a tempo pieno ha tutta l'aria di non gradire la mia presenza. Non appena mi avvicino, si chiude a riccio nell'amido del suo grembiule, borbotta uno stiracchiato benvenuta signora, ma è chiaro che mi patisce e che farebbe volentieri a meno di me. Forse dovrei chiarire che non sono qui per giudicare, né per toglierle i riflettori, potrei spiegarle che non ho conti da regolare né recriminazioni da esporre, ma dall'inclemenza dei suoi modi ho la sensazione che non capirebbe. Deve essere una che vive a suo agio tra le regole, e mi avrà sicuramente catalogata tra le parenti sregolate.

Non capirebbe, la zitellona, che avevo solo bisogno di prendermi una pausa.

Poiché non riesco a immaginare l'inquadratura così come l'hanno anticipata le parole di quelli che sanno cosa ti accadrà, ho riflettuto sulla suggestiva ipotesi di osservarti con calma, come se il farlo con discrezione, lontana da estranei, potesse regalarmi un'esperienza da conservare.

Amarene sotto spirito, sigillate in un'ampolla.

Cerco ricordi, mamma, perché ho il difetto di dimenticare.

Non ho molto di cui persuadermi perché non saprei da che parte cominciare, con te, ma ammettiamo di dovere entrambe pagare un pegno.

Bene, abbiamo tutto il tempo necessario per capire quale.

So di non essere stata una figlia perfetta. E nemmeno una moglie, né una madre perfetta. Il fatto è che vivo abbarbicata all'approssimazione, sono un'apprendista permanente e credo di non essermi nemmeno avvicinata al modello che avevi predisposto per me. Mi sono data da fare, sai, per non avvertire la pressione che formicolava nei polpacci e mi diceva "corri, Nora, corri". Non suggeriva "scappa", bada bene, mamma; semplicemente mi incitava a muovermi, e più sentivo la sua insistenza, più mi bloccavo, incantata dal tintinnio della bottiglia sull'orlo del tuo bicchiere. Sorseggiavi un liquore denso, chiusa nel salottino della tv, le labbra saldate che nemmeno l'alcool riusciva a riscaldare, davanti allo schermo senza audio dove gesticolavano come sordomuti i conduttori del telegiornale. Nessuno interrompeva i tuoi solitari, cuori, fiori, picche e quadri che smazzavi come una cartomante. Non hai voluto traslocare dall'appartamento, anche se sarebbe stato un passo necessario a vincere la tua pigrizia e immaginare un futuro diverso per noi due.

Ora siamo finalmente autorizzate a una certa stabilità e prima che sia troppo tardi vorrei tentare una sorta di arbitrato, scrostare dalla mia anima ogni residuo, e affinché questo accada l'unica facoltà di cui dispongo è l'osservazione.

Resterò qui per conoscerti senza essere notata.

Tanto siamo sole nonostante l'infermiera, tu e io.

Forse per la prima, vera volta.

Dovrò vagliare ogni sfumatura, studiarti da ogni angolazione e in momenti diversi della giornata per evitare gli inganni della luce e della prospettiva. Sarà capitato anche a te di vedere lo stesso oggetto che muta le sue sembianze a seconda dell'orario, no? Fra poche settimane potrei non avere più nulla da esaminare e rimpiangerei ciò che è sfuggito ai miei occhi miopi e gonfi a causa della solita allergia.

Il mio sguardo è a sentinella del tuo corpo, l'espressione distesa del tuo viso mi esorta a raccontare.

Quando gli chiesi di dirmi come stavano le cose, il neurologo rispose: "Non si sa mai come stanno le cose, cara."

Cara?

La sua insolenza mi disorientò. Come durante quel viaggio a Nemuro, presepe giapponese affogato di neve nella punta estrema dell'Hokkaido, ricordi? Papà si nascose dietro un larice e ci trovammo sole in un deserto bianco, spogliate del nostro unico punto di riferimento.

Smarrite, mamma, come siamo adesso.

"La medicina è scienza, dottor Nardi, lei dovrebbe conoscere il marchingegno che regola il nostro organismo."

Lo implorai, confidando in una ragionevole spiegazione su quanto ti stava accadendo.

"È il malato che decide, Nora. La sclerosi laterale amiotrofica varia da persona a persona. I motoneuroni, le cellule nervose che trasmettono i comandi per il movimento dal cervello ai muscoli, degenerano prima del tempo. Questo processo potrà compromettere la masticazione, la deglutizione, la parola."

"Vale a dire?" lo investii, intontita come un pugile da quel convenzionale lessico da professionista del dolore.

"Significa che non esistono cure."

Dall'atonia della sua voce pensai che il tuo male non lo scuotesse, quanto, piuttosto, fosse per lui una sorta di accademica consuetudine. Come il mattone per il muratore, l'acqua per l'idraulico, il codice per l'avvocato, il cadavere per il patologo.

Per me fu un evento.

Prima che ti trasferissimo in questo accogliente ospizio famigliare, aveva ribadito che non sapeva "quante settimane sarebbe durata". Settimane, mamma. Un manipolo di giorni. Ore, minuti, secondi, attimi.

Togliete gli orologi dai vostri polsi. Non serviranno più.

Dura da tre anni, tanto per cominciare. Ammettesti la tua nuova imperfezione sbuffando di fastidio: "È strano, da qualche giorno mi casca tutto per terra. Stamattina non mi riusciva di tirare diritta la riga dell'eye-liner."

Nessuno si era accorto che tu fossi più pensierosa del solito. Le tue violente emicranie non sono mai state facili da sopportare da quando il tumore alle ossa di papà spiazzò ogni pronostico, smentendo le balle che ci raccontavano i suoi polmoni ingrigiti dalle trenta Turmac quotidiane. Una beffa, che trasformò una sposa ancora fertile in una prematura vedova dai capelli improvvisamente imbiancati.

Da quel giorno hai iniziato a vivere furtiva, senza la tua magnifica stampella. Tutto continuava, ma tu non ti accorgevi che dentro e fuori tutto stava già cambiando.

Fu allora che iniziai a sorvegliarti. E a chiedermi che ne sarebbe stato di noi, senza la sua erre affilata che mi accompagnava a scuola. Non lo so nemmeno adesso che sono passati trent'anni e non hai più pronunciato il suo nome.

"Tuo padre", lui è sempre e solo stato "mio padre". Si chiamava Giacomo.

"L'eye-liner invecchia, appesantisce le palpebre," dissi, stando ben attenta a non graffiare la tua vanità. Ti regalai un nuovo modello di rimmel antisbavatura con la punta a pennarello, facile da usare anche con le mani tremanti.

"È una malattia rara, che non lascia speranza." L'ultimo di una lunga serie di specialisti emanò il verdetto sforzandosi di essere delicato. Non era al corrente della mia avversione per quel vocabolo. Speranza di cosa? avrei voluto chiedere.

Era una sentenza definitiva, la sua, come quelle che Michele accoglie intabarrato nella toga, impettito come uno scolaro, dal pulpito dei giudici.

La sclerosi laterale amiotrofica, detta SLA, non è un malanno qualsiasi. È una sigla, e mi confermò quello che ho sempre pensato a proposito delle mie fitte: non tutto quello che succede ha un nome per esteso e anche le faccende più complicate – e questa lo è – si costringono in poche vocali e consonanti infilzate da un punto.

Non sapevo cosa racchiudesse quel monogramma. Solo tu parevi contenta che finalmente i tuoi guai avessero un nome.

SLA.
Sarà Lei Amata?
Sei Logicamente Adorabile
Siamo Ludicamente Amiche
Sarei Lieta d'Amore
Sono Liquido Amniotico
Sarà Lenta Agonia?
La tua malattia è degenerativa, mamma.

I tuoi arti si stanno paralizzando, hanno iniziato dalla parte sinistra, la stessa dove batte il cuore, curioso, vero? Chi per mestiere stila questo genere di pronostici afferma che il male ti denuderà con una carezza fredda e tranquilla. Per questo ti esamino, ora, mentre lentamente sfibri il tuo corpo e lo indossi con remissiva eleganza.

Il caldo è insopportabile qua dentro, ti dispiace se apro la finestra? Il glicine ti ha aspettata, guarda. Ha trattenuto a sé boccioli concavi cuciti ai rami, regalandoci l'illusione di un tempo rimandato, che tu sentirai pronto a soddisfare ogni tua volontà.

Al pianoterra le tende del salone sfocolano vaporose

come ali prive di senno. Nessuno le controlla le tue garze volanti, da quando non puoi più impartire ordini alla Nina affinché tutto assecondi i tuoi miraggi di compostezza. Dietro quelle vetrate organizzavi feste e inscenavi acquarelli di vita felice. Guancia a guancia, lui stringeva il braccio intorno alla tua vita rimasta sottile nonostante me, mentre tu intrecciavi le mani alle sue spalle, come se Frank Sinatra fosse lì a cantare per voi.

La bellezza stantia del salotto placava ogni frenesia, tuffavi gli occhi nel refolo delle tende che si intravedevano da fondo valle e danzavi, passerotto, sulla mezza punta delle décolleté di vernice, salda e felice nella fortuna che ti era capitata, e io, acquattata dietro il divano, non appena lo scricchiolio delle mie suole ti indispettiva – ah quella bambina infernale! Ninaaa, la porti a dormire! –, sgattaiolavo dietro la poltrona verde bosco che ti piaceva perché si assoggettava alla tinta dei teloni del patio.

Sembri felice di rivedermi, mamma. Hai le guance accese da un nuovo bagliore, ho una strana sensazione di *déja vu*. Ti ho *già* vista così mite e soave. Quando è stato?

Stai tranquilla, ora che le tue cellule si stanno sfaldando come scaglie di pesce anche le tende si acquieteranno, finalmente, come hai sempre desiderato.

Come un pazzo a fari spenti nella notte

La stanza in fondo al corridoio, nell'ala rimasta incustodita da quando il cuore della nonna andò in frantumi come i suoi bicchierini da rosolio, era un tabù. Da bambina scivolavo sulle pietre grigie di questo dedalo spingendo il monopattino, inchiodavo in dérapage a pochi millimetri dai fiori di sambuco che decoravano l'uscio e non osavo entrare. Per qualche bizzarro motivo ero convinta che se solo ci avessi provato, una gigantesca mano mi avrebbe afferrata per i capelli e trascinata dentro a forza, nessuno avrebbe sentito le mie suppliche e sarei ischeletrita lì dentro. Dimenticata da tutti. Ho passato anni a sentirmi ripetere sei un'incosciente, stai ferma, dove ti sei cacciata e tutto il repertorio che si usa con chi cade preda di *inspiegabili* scoppi di collera alternati a risate scroscianti. Facevo la ribelle, ma non ero fifona, anzi. Scappavo di casa, morbosamente attratta dai luoghi sacri. "È un'agitata," dicevano di me, senza sapere che ci godevo, perché ero l'esatto contrario di quello che volevano che fossi: una bambina giudiziosa, ordinata e felice della sua vita. Quando mi davo alla clandestinità depistando governanti disperate e cugine invidiose, le chiese, le cripte, le nicchie dai muri bagnati al santuario erano i miei nascondigli. D'inverno, quando la neve cadeva a boccoli ed era impensabile sfuggire al loro controllo, mi nascondevo nello sgabuzzino delle scope. Tra gomitoli di lana progettavo famiglie accovacciate davanti a camini fumanti, arredavo immaginarie case di bambola come quella di Lisa, la biondina con la fossetta sul mento della villa giallo tuorlo d'uovo, a pochi isolati dalla nostra. Un giocattolo *così*, con i locali in miniatura arredati e accessoriati di tutto punto – la cucina al pianoterra, le camerette con i letti gemelli, il micio in ceramica appallottolato sulla cassapanca – sono riuscita a comprarmelo con la scusa di regalarlo a Fanny, che ovviamente l'ha ignorato, continuando a ingollare i cubetti di Lego e a decapitare le Barbie che le avevo lasciato in eredità.

Questa stanza – indigesta – stiva ricordi.

Per me, infettata da uno stato di involontaria amnesia, rimestare proprio adesso negli angoli di un'infanzia movimentata potrebbe rivelarsi una gran seccatura, ma la mamma si è assopita e il negozio da arredare mi sembra un buon motivo per superare una ritrosia decisamente fuori tempo massimo.

"Non si butta niente, in questa casa!"

Pare ancora di sentirla, con il suo cinguettio, la nonna scriteriata, mentre ammucchia in questo deposito regali inutili e soprammobili di ceramica. Quando morì, tra il sollievo di molti e il dolore di qualcuno, sono state entrambe dimenticate in fretta.

Papà, che definiva i membri di questa famiglia degli arricchiti ottusi e devoti all'accumulo, mi educava alle regole del collezionismo trascinandomi tra le bancarelle dei mercatini di robivecchi, la domenica mattina. "Il vero collezionista," mi spiegava con la voce arrochita, "riconosce le storie che stanno a monte degli oggetti, offre loro un riparo e impara a trattarli come testimoni." Anche se non la capivo del tutto, era una frase importante e dava l'idea di avere a che fare con qualcuno di cui potersi fidare.

Entro con il passo incerto del clandestino.

A una prima occhiata non ha nulla di sinistro. La carta da parati, stinta come un abito rimasto troppo a lungo nell'armadio, è un magma indeciso, al centro del soffitto penzola una lampadina che illumina a intermittenza e, se si esclude qualche lisca gonfiata dall'umidità, il pavimento appare intatto. È strano, ci sono pochi mobili e montagne di oggetti raccattati senza criterio, occasionali testimoni di un ritratto di famiglia dominato da figure femminili. Ecco i tascabili grigio-azzurri della Bur, le copertine a disegni della "Domenica del Corriere", gli Albi di Topolino, i Gialli Mondadori, i raccoglitori delle figurine Liebig e i miei Beatles in vinile impilati l'uno sull'altro. Uhu, uhu, le raccolte dei punti Mira Lanza! Ci volevano mesi di Ava Bucato e decine di bollini per ricevere regali *indimenticabili*: bicchieri da vino, tovaglie di cotone con set di tovaglioli quadrati, frullatori e pentole a pressione con il coperchio che sbuffava come un treno a vapore.

Rovisto tra gli album ammassati per terra. Sono

decine, hanno copertine rosa antico e marron glacé, segno della predilezione dell'archivista per i colori desueti, pinacoteche private che – se la nonna avesse compreso per tempo la sostanziale differenza tra collezionare e ammucchiare – potrebbero risanare l'albero genealogico dei Brivio e spiegare decenni di parole non dette. Altre fotografie sono tenute insieme da fiocchi sbiancati. Provo a soffiare, ma il talco ha impregnato il *gros-grain* e si appiccica alle dita. Sotto la finestra, l'angolo della tecnologia: su una mensola, la macchina da cucire *Mirella* della Necchi è coperta da una custodia di cotone, la Olivetti 22 di papà, "leggera come una sillaba, completa come una frase", è rotta. La pi e la erre non scattano sul foglio, divincolandosi in un vocabolario affetto da dislessia. Il registratore Geloso con i bottoni rosso, giallo, bianco e verde ha inserito un nastro magnetico, vi incidevo monologhi tratti dai romanzi della Alcott in vista di una promettente carriera di attrice che si arenò bruscamente in prima media, quando mi addormentai al primo atto di non so quale testo interpretato da quelle di terza alla recita di fine anno.

Un mappamondo che ha i colori del deserto sbuca dalle stuoie fasciate nella carta da pacco, tra continenti e oceani in bilico sul parquet.

Qualcuno si è preso la briga di conservare i miei quaderni rimpinzati di figurine di Mafalda: alla fine dell'anno scolastico papà li faceva rilegare, e accompagnarlo alla cartolibreria era una gita-regalo. Era talmente orgoglioso di quel premio che non ho mai avuto il coraggio di confessargli che l'imbalsamazione della mia sapienza in carta di Varese mi metteva a disagio. Fosse stato per me, li avrei stracciati a pezzettini, pagina dopo pagina, e gettati come coriandoli sulla testa dei passanti. A sfogliarli adesso, con le aste e le lettere dell'alfabeto in fila come i carri armati del Risiko, danno una certa soddisfazione: scrivevo benino e nelle greche che orlano le pagine davo già precoci segnali di talento artistico. Le mie pagelle! I voti, tutti tra il sette e l'otto, riferiscono di una brava scolara, diligente ma non secchiona, nonostante l'impaccio della frangetta da monaco, il grembiule col fiocco e il tepore della vergogna sulle guance.

Se Fanny entrasse adesso, mi troverebbe patetica. Va capita: la visione della mamma con i calzettoni e la cartella di cuoio sulle spalle irriterebbe anche l'adolescente più generosa, eppure ero io a scrivere strofe caramellose, io a disegnare cuoricini e fiorellini per Pasqua e Natale.

Ero io la bambina che li amava.

Su una parete, i volumi dell'Enciclopedia deformano il piano di una scaffalatura imbarcata dal peso: li usavo per fare le ricerche, certa che tra quelle silenti voci avrei trovato le risposte che nessuno voleva darmi.

Mi siedo per terra, inspiro l'odore buono delle cose finite, apro il volume VII.

Tra *Ragusa* e *Suhumi* c'è la parola da cui tutto è cominciato.

Restauro. Sm. La tecnica e l'operazione del restaurare edifici, oggetti antichi, opere d'arte. Nel restauro vige il concetto di non rifare mai le parti mancanti, ma di limitarsi semplicemente a porre l'opera d'arte in condizione di non peggiorare nel suo stato di conservazione, togliendo a essa le brutture (sporcizia, fonti di umidità, ridipinture o altro) che nel tempo ne hanno alterato l'aspetto. Purtroppo frequenti sono i casi di opere ricomposte in modo assai arbitrario. Mentre in età rinascimentale era d'uso unire pezzi di epoche diverse e di stili differenti, oggi prevale il concetto di limitare il restauro alla riparazione e, se dal caso, anche al rifacimento, delle parti veramente sicure. Per la pulitura, la vernice e le colle impiegate in un restauro si hanno numerose ricette, per lo più mantenute segrete dai singoli restauratori. Una volta rinforzata l'opera d'arte, si passa al restauro vero e proprio, dapprima provvedendo a togliere le sovrapposizioni e i ritocchi operati da precedenti restauratori sino a pervenire all'autentico strato di pittura originale, quindi, dopo avere isolato questa parte con adatte vernici, si procede a completare le parti mancanti.

Mi aggiro per la stanza, mi si confondono le idee, i giorni e le notti si accumulano nella mia testa come mucchi di coperte su un bambino che ha la febbre.

Sposto oli e acquarelli appoggiati alle pareti, croste indegne di una tariffa, frutto, certo, di sporadica benevolenza per mercanti imbroglioni: paesaggi del nord della Francia, ciminiere che sbuffano, ragazzini emaciati, cornacchie in volo e nature morte. Fra le ragnatele languono scatole di stoffa a fiori dai petali aggrottati, pronti a ridursi in poltiglia non appena li sfioro con le dita già unte. Scoperchio la più graziosa, lilium e rami di gelsomino. Al suo interno un sacchetto da panettiere gonfio di carte private, scritte a inchiostro. Ne sfilo qualcuna dalla busta: esordiscono tutte con "mia adorata".

Sono lettere d'amore.

Non voglio leggerle, perché ho imparato che le lettere, come gli yogurt e i contratti, hanno una scadenza. Le passioni che racchiudono hanno esaurito il loro compito, il volto del mittente è adombrato dal tempo e il destinatario pure.

Quelle d'addio, poi, sono ridicole. Almeno tanto quanto quelli che ti chiedono di "restare amici". *Amici come?*

Non c'è nulla di più nefasto del commiato di un amante recapitato da un portalettere ignaro di infilare nella cassetta suppliche o giustificazioni del tipo "ti sto lasciando, sprofondato nella sofferenza, ma non sono in grado di", oppure "so di non meritarti, ho il cuore in pezzi, ma devo lasciarti".

Chi fu così adorata?

Dal fiocco che le avvolge potrebbero appartenere a un cadavere che se ne sta in pace nella tomba di famiglia senza avvertire il bisogno che io rovisti nel suo passato.

Odio le lettere d'amore.

Le mie ho smesso di conservarle da un pomeriggio di agosto del 1976. Una sequenza che, nonostante la mia propensione all'oblio, ho incisa in testa come le tabelline: il risveglio, gli occhi gonfi come palloncini da fiera, le occhiaie, lenzuola inzuppate di pianto, la luce sabbiosa. Mi alzai, strappai in minuscoli pezzetti le decine di lettere che Alessandro mi aveva scritto dalla branda di caporale, conservate nello scomparto a colombaia della ribaltina che mi stava davanti, scesi in cortile e le scaraventai nel pattume.

Via le lettere, via l'ossessione.

Ecco – mi illusi, nell'ebbrezza che ti regala ogni liberazione – così è come se fosse morto. Il fatto è che Alessandro non mi aveva *semplicemente* lasciata. Si era volatilizzato.

Puf, scomparso.

Se mi concentrassi, forse riuscirei a sentire l'eco di una litigata modesta e certo non determinante per una fuga insensata come tutti gli abbandoni. Il mio fidanzato – con i libri, i dischi, i pupazzi e una piccola caffettiera in bronzo – si eclissò come un *pazzo a fari spenti nella notte*. Ho pensato per mesi che Gabriella sapesse, ma in quelle faccende non si riescono a dare consigli ragionevoli e si sceglie spesso la tattica dei non so, chi non ci ama non ci merita, in amor vince chi fugge, vedrai ti richiamerà, tornerà strisciando, non piangere in quel modo, non ne vale la pena, mica è la fine del mondo. Mascherai la rabbia e quel dolore persistente all'altezza dello sterno con una buona dose di supponenza: le afflizioni amorose sono invisibili e io non chiesi chi fosse quella tizia bionda, esile

come un tronco di pioppo e dagli occhi chiari, che non distingueva un Monet da un Manet, studiava economia e commercio alla Bocconi e da qualche settimana si era abusivamente infilata nel nostro gruppo. Alessandro e la sanguisuga dai capelli color pannocchia diedero inizio alla mia collezione di colpi di fulmine, scintille senza ritorno, unioni impossibili, meglio se contrastate dalla famiglia. Le cercavo tra le biografie e nei romanzi, ne riassumevo la trama su fogli a quadretti che infilzavo con la puntina alla parete. Classificavo quegli insetti di carta con uno schema preciso:
Incontro
Svolgimento
Fine
Tanto finivano tutte, soprattutto quelle molto appassionate. Succedeva sempre qualcosa di terribile che faceva precipitare la situazione. Tradimenti, inguaribili malattie, feroci separazioni, suicidi e catastrofi di ogni genere.

Ogni storia, come le schedine dei film sul "Corriere d'Informazione", aveva un punteggio di asterischi – da uno a cinque – che ne definivano intensità, durata, interesse.

Lei: Jeanne Hébuterne, pittrice, nata a Parigi il 6 aprile 1898.

Lui: Amedeo Modigliani, pittore e scultore, nato a Livorno il 12 luglio 1884.

Incontro: nel 1916 si vedono per la prima volta.

Nella primavera del 1917 Amedeo chiede a Jeanne, studentessa di pittura all'Académie Colarossi, di posare per lui. All'inizio dell'estate fanno già coppia fissa: i giorni con Amedeo, le notti in famiglia. I genitori di Jeanne – il padre commesso al reparto profumeria del *Bon Marché*, la madre casalinga, molto cattolica – ostacolano l'amore della figlia per quell'ebreo, alcolista, consumatore di hascisc, squattrinato e di salute cagionevole, ma Jeanne ne è follemente innamorata e lo segue.

Svolgimento: Jeanne va a vivere nel sottotetto di Modigliani in Rue de la Grand Chaumière 8. Fanno l'amore di continuo, litigano, non escono quasi mai, ma seduti al cavalletto, l'uno di fronte all'altra, dipingono. Nel 1918 Parigi è bombardata, Jeanne rimane incinta, la coppia parte per Nizza dove, il 29 novembre, nasce la primogenita Jeanne. Il 31 maggio 1919 Modì torna a Parigi, Jeanne aspetta il secondo figlio e, nonostante lui la preghi di fermarsi in Costa Azzurra, lei lo segue. Nel gennaio 1920, dopo una notte trascorsa in giro per Parigi a sbronzarsi, Amedeo torna a casa e cade in coma. Jeanne lo scalda con il suo corpo, gli sta accanto nell'agonia per giorni senza nemmeno tentare di chiamare un medico. Dipinge l'autoritratto *La suicide*. Il 22 gennaio, il mercante di Amedeo, Léopold Zborowski, la convince a farlo ricoverare. Il pittore non riprenderà più conoscenza.

Fine: Modì muore di meningite tubercolare il 24 gennaio 1920 alle 20.45, all'Hôpital de la Charité. La mattina successiva, Jeanne, accompagnata dal padre, lo rivede per l'ultima volta, sul tavolo dell'obitorio. Fissa il suo viso e le pare di riascoltare il marito che le dice: "Il tuo vero dovere è salvare il tuo sogno." Torna dai genitori in Rue Amyot e, all'alba del 25 gennaio, obbedisce a quella voce: si getta dal quinto piano e muore sul colpo. Viene ritrovata nel cortile poche ore dopo, il volto tumefatto, il ventre dilatato dalla gravidanza, le gambe spezzate. I genitori rifiutano il suo cadavere, che viene portato in Commissariato e poi a Montparnasse, nello studio di Amedeo. Il 27 gennaio, alle due del pomeriggio, tutta Parigi segue il feretro di Modigliani fino al Père-Lachaise. Il 28 gennaio, sotto un cielo grigio e freddo, un carro funebre e due taxi accompagnano la bara di Jeanne al periferico cimitero di Bagneaux. Dieci anni dopo i due sposi vengono uniti per sempre in un'unica tomba: "Colpito dalla morte nel momento della gloria" e "Devota compagna fino all'estremo sacrifizio" recitano i loro epitaffi.

Catalogavo amori, per cancellare il mio. Dopo trentanove profili, trentanove storie di passione e tragedia, ho smesso. Ne rileggo qualcuno, finito in un cassetto della ribaltina impolverata, insieme a documenti di famiglia. Roba di una vita fa che non smuove rimpianti, ma mi regala i primi fremiti d'ansia della giornata. Ho bisogno della voce di Michele. Lui, specializzato in comparse a intervalli strategici, non approverebbe il mio masochistico approccio a una materia tanto incandescente. "Ti fai male," ripete, quando intuisce l'avvicinarsi dei miei gorghi. Mi guarderebbe con saggia tenerezza, saprebbe perfettamente che con questa incursione sto segnando una fine, ma non farebbe niente per fermarmi. A lui bastano pochi sorsi di whisky per ricordarsi una vita ed è convinto che il recupero della memoria sia un buon allenamento per "dare il giusto peso alle cose e prendere distanza dagli avvenimenti". Io sono esiliata qua dentro da poche ore e sto già perdendo indipendenza. Non so quale, ma la sensazione è netta come il profilo delle colline là fuori, che paiono disegnate con una matita temperata. Decido di andarmene, quando d'un tratto, nel pulviscolo di luce del lampadario che ha rallentato il suo dondolio, la vedo. Una gazzella dalle zampe affusolate e i piedi a ricciolo, uno zoccolo bloccato da un listello che ne protegge il malleolo. Pare fratturato. La libero dal telo impolverato che la ripara e dalle cianfrusaglie che ne sovrastano il manto, la svincolo dall'imballo ma non dal cuneo che la tiene in asse. Ha il dorso strigliato di marrone scuro e una lunga, aristocratica coda che Franz Joseph Haydn avrebbe allisciato con tenerezza. Nel cartiglio in vetro opaco dalla forma ovale è effigiata un'iscrizione: Josef Boem, Vienna. Non indica nessuna data, ma potrebbe risalire ai primi dell'Ottocento. Sono certa che il nome corrisponda all'italianizzazione di un tale Joseph Böhm: era uso che in omaggio alla nazionalità del committente, i nomi degli strumenti musicali venissero storpiati, e dunque c'è da supporre che questo fortepiano a coda in abete impiallacciato con legno di noce fosse stato commissionato da un italiano. Ha fregi poveri, dorati.

La tastiera in avorio ed ebano è ingiallita. Pare invocare, dal suo centenario silenzio, mani che la palpino con impegno.

Sembra fissarmi con il muso disponibile e bisbigliarmi, in un solfeggio: "Benarrivata, Nora."

It's too late

Mi chino su di te e ti cingo le spalle. Lascio scorrere i polpastrelli sulla carta pergamena della tua schiena, lambisco le sentinelle d'osso che sorvegliano, severe, i tuoi polmoni. Dimagrisci a vista d'occhio, mamma, dovremo aumentare le dosi di zuccheri e leccornie che ti delizino almeno il palato. Una ciocca di capelli d'argento scivola sulla tua fronte come un truciolo avvitato. Faremo presto una tinta, mamma, loro non sanno quanto sia importante per te avere un aspetto ordinato. Ti sfioro la nuca con un bacio leggero e mi corre freddo dappertutto: non sono abituata a toccarti, ma ho pensato che fosse una buona idea farti fare qualche esercizio di ginnastica. Mentre ti sollevo dalle ascelle, arricci le labbra e mi guardi con gli occhi sgranati per questa che deve apparire anche a te come una nuova, eccitante esperienza.

Ah, se tu potessi vederti allo specchio!

In questo preciso momento sei identica a Fanny, quando la spostavo dal lettino per infilarla nel seggiolone e lei scalciava, inarcando la schiena e ciondolando la testa come un pagliaccio a molla che schizza di colpo fuori dalla scatola.

"Adesso diventiamo grandi," le dicevo, e la piccola spalancava gli occhi proprio come fai tu adesso. Reclinava il capo, batteva le manine grassocce, pronta al nuovo gioco: sedere con la schiena diritta.

Ti stringo, fantoccio senza peso, tra le mie braccia.

Tremo di un'emozione che non so controllare, mamma, perdonami ma è come tenere racchiusa nel palmo della mano la dolcezza di una terra inesplorata, e non ci sono davvero abituata. No, davvero.

Ho paura.

In una fiaba, in un'altra vita rimarremmo così per sempre, saldate come un prato dentro il cielo, un mare liquefatto nel suo orizzonte. Due amanti incapaci di abbandonare lo spasmo del piacere. È che non sono pronta al distacco e temo proprio che una si senta pronta solo a distacco avvenuto. È a causa di questa incertezza, sai, che prendo tempo e divago come mio solito senza arrivare al nocciolo della questione. In realtà questa mattina sono nervosa e mi dispiace rivolgere a te la mia stupida protesta, ma sono morti tutti, la Nina non mi dà retta e dunque solo tu puoi spiegarmi a chi apparteneva il fortepiano e come c'è finito in casa nostra.

"Dimmy, Fanny, sei arrabbiata con me?"
"Io sono sempre arrabbiata con te. Tutte le ragazze della mia età se la prendono con la mamma, no?"

Scusami, sto divagando mentre dobbiamo esercitare la tua mobilità articolare. Il neurologo ha consigliato una serie di esercizi. Li ho provati su di me, non sono faticosi e ti daranno sollievo, vedrai. Lasciati guidare e prova a fidarti, una volta tanto. Inizieremo con i gomiti e i polsi. Ecco, ora che sei seduta, stendi le braccia all'infuori, piegheremo insieme i gomiti fino a toccare le spalle con le mani, così. Sei davvero brava. Vuoi ripetere l'esercizio o preferisci che me ne vada? Scuoti la testa. Ne sono felice, sai, ho proprio bisogno di trascorrere del tempo con te.

Devo recuperare.

Lo ammetto, la tua malattia non è l'unica ragione del mio soggiorno. Prima di salire sul treno, avevo già deciso di servirmi di questa insolita villeggiatura per riflettere sul mio matrimonio. Lo farò con te perché sei mia madre ed è giusto che tu sappia che non va come dovrebbe.

Già, ma come *deve* andare un matrimonio? Dopo giorni, settimane, anni passati accanto a Michele mi rendo conto che non ne so molto di lui. Conosco le sue manie, la sua capacità di giudizio, i suoi gusti letterari, la sua infinita pazienza, l'odore della sua pelle la mattina appena sveglio. So per certo che Fanny è stata un dono, ma non so esattamente cosa pensa e in cosa crede. Vedi, mamma, quello tra amore e non amore è un confine che ancora non riesco a tracciare con ragionevole precisione. Sono approssimativa persino in questo, e sono cresciuta con la convinzione che l'unità di misura di un matrimonio fosse la felicità.

Provo a essere meno vaga.

Non sento la mancanza di Michele quando è lontano, il che potrebbe significare che non lo amo affatto. Eppure non sono ancora arrivata al punto di provare fastidio nel sentire il tramestio della chiave nella toppa, la sera o molto più spesso la notte, quando ritorna, e i suoi rumorosi gorgheggi con il colluttorio. Non patisco, come accade alle mogli tristi, il suo infilarsi tra le lenzuola. Mi diverte ancora scherzare con lui e mi sono abituata ai suoi silenzi, mi piace tirargli i peli della barba brizzolata, che si limita a spuntare da quando ha festeggiato con una certa enfasi il suo cinquantesimo compleanno. Se tu potessi commentare, so già cosa diresti: "La passione, quando c'è, se ne va presto. Tra marito e moglie quello che conta sono la stima, la fiducia, la complicità." Sei convinta anche tu, come lui, che il matrimonio mi abbia allontanata dalla pericolosa stagione degli amori interrotti, vero? Ho pensato ad Alessandro, mentre riordinavo lo stanzone dell'ultimo piano. Te lo ricordi? Ti piaceva, quel ragazzo. Era di ottima famiglia, frequentava l'Università Bocconi e a vent'anni vantava già una collezione di Lacoste.

Che succede, mamma? Perché irrigidisci le braccia? Rimani rilassata, lasciati guidare, afferriamo con la mano sinistra l'avambraccio destro, tenendo il palmo della mano rivolto verso il basso. Ora, da brava, solleva la mano destra, fletti il polso e lascialo cadere, abbandona ogni tensione. Bene, molto bene, riproviamo: va meglio, adesso? Non sono un granché come fisioterapista, lo so, ma toccarti è un atto di grande responsabilità per me, che sono sempre stata un tipo ruvido e non ho mai chiesto un bacio in vita mia.

Aspettavo che lo facessi tu. Tu aspettavi me. E ora eccoci, con tutti i baci mancati che svolazzano qua dentro come pollini e non si lasciano acchiappare. Zac, zac, smack, smack.

In realtà non abbiamo mai parlato di faccende di cuore tu e io, e quando lo zio Marco mi scortò all'altare l'espressione del tuo viso – dietro la pelliccia di castoro chiaro e il tamburello che ricordava una castagna rovesciata – era, a voler essere generici, indecifrabile. La veletta di pizzo avrebbe potuto schermare gioia o indifferenza, persino collera o disappunto, e nessuno si sarebbe sorpreso. Io non ti ho chiesto pareri sul mio matrimonio, da quel giorno Michele è entrato in famiglia, la fede in oro bianco all'anulare mi metteva al riparo.

La mia gioia non era più una tua responsabilità.

Ammetto di non avere fatto molto per dialogare con te, meglio, molto meglio l'assenza di spiegazioni, i tuoi depistaggi, una comoda acquiescenza. Tutto si svolgeva secondo programmi prestabiliti, laurea, matrimonio, maternità, lavoro fisso, vecchiaia, pensione.

Morte.

È tutta la vita che cerco uno spazio, anche solo una fessura, tra la pesantezza che fa fuggire gli uomini e la vanesia leggerezza che li eccita come api intorno alle arnie.

Non l'ho trovato, e non so dove sistemare il mio matrimonio.

Michele è una persona di straordinarie qualità.

Non fare così, mamma, le tue braccia tremano. Sono quei maledetti crampi, i pizzicotti velenosi che artigliano come pinze. Vuoi che smetta? Se sei affaticata, riposiamo un poco. Scuoti la testa, fai segno di continuare, allora inclina la mano verso il pollice e poi verso il mignolo senza farti male, dolcemente. Ora torniamo alla posizione iniziale e lavoriamo con i gomiti. Tieni le braccia sui fianchi, flettile e rivolgi i palmi delle mani verso l'alto solo fino a dove ti riesce senza avvertire il dolore, poi ruotali verso il basso. Le tue braccia sono così sottili che ho la sensazione che siano pronte a spezzarsi, ma il dottor Nardi sostiene che questi esercizi daranno un poco di tregua ai tuoi muscoli e dall'espressione sollevata del tuo viso penso proprio che abbia ragione, una volta tanto.

Sai, avrei voluto che il nostro fosse un dialogo calmo. Invece devo tenere a bada l'ansia di non avere il tempo di dirti tutto quello che ho in animo di dirti. Più passano gli anni più mi convinco che il patto – Michele lo chiama così – sta mutando la sua fisionomia, come se sulla sua grazia iniziale, sulla sua benevola serenità fosse calata un'ombra. Ti è accaduto con papà di sentirlo lontano in una dimensione che non afferri? Be', la sensazione è questa. Non credo che abbia incontrato un'altra, me ne sarei accorta. Avrebbe intensificato i suoi esercizi addominali, acquistato creme idratanti per il viso, nuovi capi di biancheria intima, accampato scuse per i suoi cronici ritardi.

Il divario, fra noi, riguarda il sesso. Nemmeno di questo abbiamo mai parlato, tu e io.

Ti ho sentita, una volta, ansimare attraverso la parete della mia cameretta. Era un mormorio soave e continuo, interrotto, a tratti, da sospiri soffocati. Non era dolore, né entusiasmo per una sorpresa, ma nemmeno una preghiera. Avevo il pigiamino di flanella a righe azzurre, stavo in piedi con l'orecchio a ventosa incollato al muro come lo stetoscopio del dottore, trattenevo il fiato e ti detestavo con un'intensità che nemmeno ti puoi immaginare.

Michele e io non facciamo l'amore da anni. Mi sono ritratta dal suo corpo come una marea lenta e non sono più tornata alla posizione di partenza. Una via della quale ho perso l'inizio, che è il luogo centrale di ogni storia d'amore e contiene in sé il germe del suo destino. Abbiamo provato ad affrontare l'argomento, ma era come chiedere alle parole di riannodare i fili rotti di una lampadina. La luce si era persa.

Non mi va più, Michele.
Non è cambiato il tuo corpo. Sono io, a essere diventata un'altra.
Non ne ho più voglia.
Ma che dici? Quali amanti? Mi piacerebbe essere corteggiata, ma non succede. No, non perché sono sposata: ormai non gliene frega niente a nessuno se hai la fede al dito, se sei divorziata, vedova, disperata o allegra.
È che non li so sedurre, gli uomini. Tu sei stato un'eccezione e abbiamo fatto in fretta.
Fanny ci ha salvati dalle moine del corteggiamento.

Riusciamo a riderci sopra, mamma, ma non sono capace di spiegargli che mi sento una "quasi" davanti a lui, come se ne mancasse sempre un pezzo. Michele è un tipo chiuso, lo conosci. Vi somigliate, in questo. Sapete incapsularli, i sentimenti, quando sfuggono al vostro controllo. Siete degli specialisti nell'addomesticare le passioni. Da ragazza io ero l'esatto contrario e quando non c'era, la scomodità della passione me la inventavo. Con un dipinto, un crocifisso sghembo nella penombra di una cattedrale, un viaggio nei ghiacci del Nord Europa e mucchi di romanzi. Ora mi sono data una calmata e da qualche tempo l'encefalogramma emotivo è piatto. Le giornate scorrono serene e obbedienti, senza buchi nel calendario.

Credo che il suo rapporto primitivo con il sesso abbia progressivamente corroso le mie illusioni a riguardo. Lo strano sono gli scarsi ricordi che ho, come se il mio incontro con lui si fosse svolto in un'altra vita.

Vivo decentemente anche senza, o pensi che io sia troppo giovane per escludere dalle mie notti qualsiasi forma di contatto con un corpo diverso dal mio?

Come hai fatto, tu, senza papà?

Avevi esattamente la mia età quando è successo e hai giurato che non ti saresti più risposata. Hai vissuto nel rancore e in un'altera suscettibilità per quell'ingiusta mutilazione. Ti avvicinavo e c'era un lampo nel tuo sguardo che suggeriva di stare alla larga. Nessuno scalfiva l'impenetrabile iceberg della giovane vedova.

Ma io che c'entravo con la cattiva sorte, mamma?

"Te la sei cercata," diresti tu se quella maledetta lingua non si rifiutasse di fare il suo dovere, ma questa è la mia storia, che tu lo voglia o no. È arrivato il momento di raccontarla perché sono sicura che non la conosci.

Non l'hai mai ascoltata né letta.

E neppure immaginata. Ora spiegami: perché non avete regalato il fortepiano all'unica persona che avrebbe saputo cosa farne?

Sappi che ho deciso: trascorrerò il tempo che mi lasci libera per restaurarlo.

Moonshadow

La pendola ha battuto le sei. Il cielo ha superato indenne il panico istigato dal buio e un'alba livida schizza lame argentee sul soffitto. La luce del giorno è nascosta altrove.

Il detersivo ha impregnato la stanza di un lezzo di bosco artificiale, la polvere mi si è infilata nelle narici, nelle pieghe delle dita, ho le ginocchia arrossate e impastate di sudore. La nausea sale dal fondo della gola, ho le ascelle inzuppate e le braccia ustionate dall'acido lattico. Sulla tempia pulsa una vena ed è come avere un cuore che picchia in testa.

Sono sfinita.

Cammino a ritroso strizzando il moccio nel secchio di alluminio. Ho passato la notte a ficcare rottami e cartoline sdentate dentro sacchi neri, ho archiviato porzioni di vita e gioie d'alta bigiotteria. Spazzando con tutta la forza che avevo in corpo sono riuscita nell'impresa: affossare ombre e mortificare i balocchi della nonna.

Per qualche ora ho dimenticato di avere un compito preciso e mansioni da compiere e gli obblighi e i doveri dettati dal rituale dell'amore.

Ho dimenticato persino lei, che sta proprio sotto questo pavimento.

Sono un corpo indolenzito come un albero rotto dal temporale, ma il miracolo è compiuto. Che importa avere cancellato in poche ore interi capitoli dell'esistenza di gente che nemmeno conosco?

Mi sdraio sulle mattonelle a scacchi bianchi e neri del corridoio, intreccio le mani dietro la nuca, serro gli occhi che bruciano di polvere. Allungo la spina dorsale e provo a contare le vertebre, anelli d'osso che schiacciano la terra quasi a volerla penetrare. Inspiro ed espiro dal diaframma.

Come mi hanno insegnato al corso di yoga.

Riapro gli occhi distratta da un rumore di vetri rotti, mi volto verso la porta spalancata, il parquet si è asciugato e da questa prospettiva orizzontale la scena che mi sta davanti è strepitosa: il fortepiano è al centro della stanza, claudicante ma integro. La tomba della regina non racconta più e non potrà generare rimpianti. Mi alzo e accedo al reliquiario dove lo scranno fa sfoggio di sé, pavone vanitoso dalla coda abbassata.

Non ho bisogno d'altro.

Solo di cominciare.

Esamino la cassa: non ha crepe né irreparabili fratture. Conto i tasti, trenta neri e quarantatré ingialliti come i denti di un masticatore di tabacco. Le cerniere a pollice in ottone sono ossidate, i sei pedali in ferro si sono staccati dal montante, li poggio a terra, impronte dei piedi di un bambino che non sanno ancora in quale mondo cammineranno. Finalmente posso godermelo da vicino, questo povero strumento da rianimare dopo un ingiusto sonno. Un'antica creatura messa a tacere dall'ignavia di persone indifferenti e già ne ascolto il suono, vedo il volo delle dita del pianista che ondeggia le spalle immerso in chissà quali pensieri, il busto eretto, le code del frac sfarfallanti a ogni nota acuta. E a fargli ala, un biondo violoncello e una viola da gamba riuniti nella sala da musica dell'aristocratica famiglia, riflessi negli specchi, complici di serate peccaminose e sguardi e ammiccamenti e inchini di circostanza e alcove pronte a ricevere i gemiti di amanti clandestini.

Ho visto troppi film e letto troppi romanzi, questo è sicuro, e la mia mente ne ha risentito, senza contare gli spasmi della fame che hanno iniziato a mordere il sacchetto vuoto del mio stomaco.

Sotto i vetri lustri della finestra è steso il telo verde e oro di una campagna senza difetti. Libera. Dalla famiglia, dal lavoro, dalla scuola, persino dalla letteratura. Non ho aperto libro da che sono arrivata, né sfogliato un quotidiano, non so nemmeno cosa succede fuori di qui. Non accendo il televisore, non leggo i giornali, non ho portato il computer per connettermi alla virtualità. Non posso contare morti, vedere la fine del mondo, rallegrarmi di una nascita o di una gara di campioni. Strano, per una come me, affezionata alle notizie del telegiornale come se fossero resoconti di faccende private persino quando sparano a un benzinaio per rubargli quattro monetine o incrociano kalashnikov sulla testa velata di una ragazzina.

Quando uscirò, troverò un mondo che non riconoscerò più.

Devo scendere in cucina. L'infermiera si è accasciata nella poltroncina e nessuno baderà all'incertezza dei miei passi.

Sono ipnotizzata da questo fortepiano e non riesco a staccarmene. Restaurarlo, in questo campo di concentramento che sa di pulito, sarà più o meno come rammendare la trama di un disagio: il percorso, in fondo, è analogo. Occorre riconoscerlo, isolarlo e colmare la struggente sensazione di mancanza che ha lasciato.

Mi aggiro in un immacolato equilibrio tra un pieno di detriti e questo vuoto aggraziato. Michele non giustificherebbe la sensazione di fierezza che provo, slegata, finalmente, da ogni confronto. Lui non conosce l'intimo godimento che offre l'inerzia, non sa assaporare il gusto allegro della trasandatezza, quando una forte emozione cancella ogni dovere. Mio marito detesta la contemplazione. Ha il terrore di fermarsi e la logica, che durante il nostro fulmineo fidanzamento interpretai come pigrizia, è la sua prima alleata, il recinto dentro il quale confina segreti e bugie e ogni genere di sentimento. Lo cerco sul cellulare, risponde il messaggio registrato della segreteria telefonica. Non sono nemmeno le sette, mi tradisce con Morfeo nel letto coniugale. È che sono così eccitata che chiamerei persino Fanny per raccontarle del fortepiano, ma per lei è poco più dell'alba, ci separa un meridiano e – da ieri – anche il tifo per un certo Guglielmo, biondo e sedicenne, da quel poco che sono riuscita a estorcerle. Nella nostra ultima chiamata non ha parlato d'altro che delle loro frenetiche attività sportive, negando l'evidenza di esserne almeno infatuata.

"*Ma sei scema? Studia al Conservatorio e gioca bene a tennis.*"

Per Fanny contano i fatti. E ignora musicisti che non siano i Coldplay, i Backstreet Boys, Eminem e un certo Amiroquai che pare appena uscito dalla centrifuga di una lavatrice. Mi manca come l'ossigeno, la ragazzina-sfinge, ma forse è meglio non conoscere i dettagli. Mi riuscirebbe difficile starne fuori e non tentare di proteggerla dalla disattenzione che uccide qualsiasi amore. Sfilo dal vaso le ortensie violacee che la Nina ha dimenticato in questo angolo infrequentato, e mi vengono in mente i mazzi di fiori che Fanny fa essiccare appesi a testa in giù per i gambi intorno al lampadario. "Hanno un'aria così romantica," mi dice ogni volta che tento di dissuaderla da quell'insana abitudine.

"*Raccolgono solo polvere e germi.*"
"*Questo è il mio territorio e ci appendo quello che voglio. Me li ha regalati Tommaso in terza media: era pazzo di me, mamma, la tua è solo invidia, a te le rose non le manda nemmeno papà.*"

La piccola jena è lontana, rimpiango le nostre guerre casalinghe.

Bip.

Tutto bene, mum. Abbiamo ballato e fatto casino tutta la notte. Mi piace stare qua. TVTTB. Fan.

Sembra avermi letto nel pensiero. Sarà un segno che non siamo poi così disgiunte. Che ci fa sveglia a quest'ora?

È che non amo i fiori recisi. Freschi o seccati hanno l'odore della morte.

Devo lavarmi, adesso. E scendere da lei. Sono in ansia per il foglio che ho trovato in uno dei cassetti della ribaltina, e devo assolutamente parlargliene.

Mother

In piedi nell'anticamera, spio la tua sagoma vuota.
Il lenzuolo respira con te, ritmico e monotono, su e giù, un lembo di foglia attaccata all'albero nell'alito della notte.
L'arcigna governante sonnecchia, il capo abbandonato sulla poltrona. Ti ha lavata, pettinata, preparata per la notte che se n'è appena andata. E fra poco dovrà ricominciare tutto da capo. Lavarti, pettinarti, prepararti per il giorno che inizia.
Si guadagna lo stipendio simulando dedizione.
Spiata da quest'angolo oscuro, la scienza medica è una commedia di buffoni. Stiamo tutti quanti giocando a dadi con la morte, che palesa la sua minaccia con cenni premonitori: il colore smorto della tua pelle, per esempio, e la tua difficoltà di movimento che costringe la signora a voltarti di lato ogni mezz'ora perché non si formino piaghe sul tuo corpo.
Ho lo stomaco inceppato come l'ingranaggio di un orologio che segue il tempo a piacere, si allaccia e si slaccia senza che io possa intervenire. Qualcuno ha

buttato le istruzioni e ora non sappiamo come fare. Mi conosci, mamma, ho un carattere volubile e intermittente, se si escludono le fasi ossessive, quando un'idea mi si pianta in testa come un chiodo. Mi ci addormento la sera e la ritrovo lì, intatta, la mattina successiva. Lo stesso, identico pensiero mi assilla poi per tutto il giorno, lasciandomi in una spirale che inizia e non finisce, un'onda che non si infrange e rinvia la risacca a tempi migliori. Dalla tua finestra, socchiusa, l'aria del mattino profuma di fieno. Prima che il fatto si compia vorrei avere la possibilità di mettere un po' d'ordine, raddrizzare i tuoi torti e lasciare liberi i miei di respirare. Devo diluirli in qualche parte del mio corpo – sano, io ho un corpo sano, mamma – regalandomi per tempo la coscienza leggera del disimpegno.

I ventagli appesi al muro si fanno aria da soli. Devono essere le allucinazioni da fame e l'infermiera che si è accorta di me e la stanchezza e il fatto che a vederti così, senza riuscire a immaginare i tuoi sogni, non riesco ad ammettere che tu te ne stia andando chissà dove.

Il medico si è raccomandato di non affaticarti perché "oltre alla mobilità degli arti e del tronco, è assai probabile che sua madre perda progressivamente la capacità di parlare e deglutire". Mentre mastico un biscotto ai cereali e mi sento iniquamente favorita dalla sorte, mi tornano in mente le parole che mi spaventarono al punto da convincermi a traslocarti qui, per offrirti una possibilità di salvezza dal lento naufragio.

Mi sto sforzando, ti tendo la mano come un mendicante e tu resti un'inespressiva maschera da zanni, le mie parole sembrano galleggiare come boe di plastica intorno alla cuccia dove giaci. Sbaglio, incespico, non acchiappo quelle giuste e la barchetta del mio pensiero affoga in un mare di deviazioni.

Mi aiuterebbe un tuo movimento, mamma, anche solo un cenno di approvazione con la mano, un'esortazione a continuare, un segno di piacere.

È trascorsa una settimana. Ho messo in tasca il foglio, te ne devo parlare e tu continui a dormire.

Sonata in do minore (moderato)

Il baule è arrivato poco dopo il mezzogiorno, trascinato dalle manone di un giovanotto con basette risorgimentali e i capelli rossastri raccolti in un codino con l'elastico. Per non sbagliare, Michele mi ha svuotato il negozio prima che potessi inaugurarlo con un party di buon vicinato. Tra l'ovatta – ah, come è prudente e organizzato il mio benefattore! – ha infilato una dotta citazione di incoraggiamento e di complicata bontà.

"Sebbene sia certo che Bellezza e Bruttezza, più ancora che il dolce e l'amaro non sono qualità degli oggetti ma appartengono interamente al sentimento interno o esterno, si deve ammettere che ci sono certe qualità negli oggetti che sono adatte per natura a suscitare quei particolari sentimenti." David Hume
Buon lavoro! Michele
Haydn, che ascolto in cuffia, approverebbe. Lei, no. Anche della bottega non le ho detto, non sarebbe stata d'accordo sulla rinuncia al posto fisso e ai contributi e alla pensione e alla vecchiaia con un fisso al

mese. Non ho chiesto nemmeno il permesso di intaccare l'eredità. Non ha mai capito le mie ossessioni. Né io le sue.

Sul piano di compensato poggiato sopra i cavalletti dispongo i miei arnesi. C'è tutto. Le spatole, i piccoli pezzi di abete stagionato, le perle di colla animale. Tra quelli consumati a setole tagliate e quelli nuovi, di martora e pelo di bue, conto venti pennelli e li compongo come mazzi di fiori nella boccia di vetro dove una volta abitava un pesce rosso di nome Achille, vinto alla pesca del compleanno di Gabriella. Tre morse, i morsetti e decine di mollette serviranno a rimpellare i martelletti, le pialle, gli scalpelli e le pietre ad affilarli, la chiave a smollare le corde. I sacchetti di pigmenti mettono allegria, non mi serviranno a niente (cosa me ne faccio della polvere rosa fucsia?), ma esposti per gradazione di colore mi tolgono d'ufficio dalla penosa condizione della dilettante. È roba da professionisti, questa, così come il grembiule nero, poco più di uno straccio liso a dire la verità, che ho trovato nello stanzone. Non lo indosserò, certo, ma arreda e fa bella figura, buttato lì con noncuranza su uno sgabello alto quanto basta per resistere le ore che mi occorreranno a scavare come una talpa dentro questa meraviglia di due secoli fa. Inizio a spolverarlo con un avanzo di camicia da uomo di lino color crema e in questa scena nuda, ripulita dal suo vorticoso passato, lo strumento è il mio paziente personale.

"Mi prenderò cura di te," prometto.

Devo soltanto stare attenta alla musica.

Soffro di amnesia selettiva e solo le note passano la dogana della coscienza.

Nardi ha inquadrato anche me, convincendomi che i buchi di memoria non dipendono dall'età o dalla smemoratezza che a un certo punto della vita aiuta a tirare avanti. Mi ha spiegato che non esiste *la* memoria, ma ne abbiamo a disposizione svariati modelli: c'è quella verbale che ti lascia impresse le strofe delle poesie imparate da piccino, c'è quella che registra ristoranti, aule scolastiche e case e strade e tutti i posti che hai visitato. C'è la memoria per i numeri, la preferita di Michele che ricorda targhe di automobili, conti correnti e persino codici di avviamento postale, c'è quella che ti lascia dentro i paesaggi più struggenti e quei tramonti che s'ingoiano il sole e che sembrano tutti uguali e che stordiscono ogni volta come se fosse la prima. C'è la memoria a breve termine e quella che trattiene i ritagli di un'intera vita. C'è quella che rifiuta di ricordare il momento in cui perdiamo ciò a cui teniamo più di ogni altra cosa.

Infine, c'è la mia.

L'ha definita *memoria musicale*, un fatto davvero curioso: non ho mai sfiorato una corda con l'archetto, né soffiato in un flauto, né rullato una bacchetta sul tamburo. Possiedo uno smisurato archivio di canzoni stipate nel cervello, tutto qui. Mi basta premere il pulsante "on" per vedere odori, facce che danzano sul ritornello di una canzonetta, labbra che fischiettano arie d'opera. Sono immagazzinate a tradimento come in un juke-box da spiaggia. Le seleziono con il braccio automatico, le appoggio sul piatto e le intono.

Le mie allucinazioni musicali sono regolate da un ordine interno, colmo di meraviglie spiegabili, di felicità dimostrabili, di milioni di solitudini appuntate come stelle sulla partitura del mio cielo privato. Come un concorrente da quiz, ascolto le prime battute e rotolo all'indietro con strabiliante precisione. Sembrano tutte uguali eppure ognuna di esse ha un titolo, un codice, un segno di riconoscimento.

Ci sono le canzoni del primo ballo, quelle del gioco della sedia, quelle che cantavamo sul bus dove l'unica cosa che contava era correre il più in fretta possibile all'ultima fila di sedili dove limonare indisturbati. Ci sono i refrain delle vacanze al mare, quando l'ombra della luna scendeva a coprire i rossori della mia inesperienza e le sedie a sdraio diventavano letti e i sassi un materasso e i baci duravano il tempo di una compilation.

Le ho portate con me, dopo un lungo lavoro di trascrizione dai cd a questa scatolina bianca che mi ha regalato Fanny prima di comprarsi l'ultimo modello, nero e leggero come una carta di credito. In quattro giga sta impressa la colonna sonora della mia vita, mi basta sfiorare il tasto menu e ritrovo gli irrintracciabili nel cantiere interno alla mia testa.

Un trillo mi distrae. Dal telefono cellulare mi raggiunge Michele in viva voce.

"Che fai?"

"Ciao, innanzi tutto. Sto lavorando di lima."

"Non puoi stare rintanata tutto il giorno come un frate trappista, Nora."

"Qui non ho altri doveri che lo strumento. È una prova della mia prossima vita e poi lo vedrai, è un gioiello. Come stai?"

"È mortifero."

"È la mamma a essere mortifera. E tu sei geloso della mia indipendenza. Dici sempre che la detenzione è protettiva. Be', io qui mi sento al riparo."

La verità è che ho una disperata necessità di toccarli. Michele e Fanny sono il mio unico legame con la vita normale, anche se la mia ultima conversazione con lui è stata volutamente incompleta. Potrei dire fasulla. Gli ho taciuto del certificato, perché mi vergogno come se lo avessi rubato. Michele saprebbe orientarsi nei sofismi della burocrazia, decifra codici e atti come se avesse in testa uno scanner, non lo impressionano i miei pensieri fissi.

Saprebbe decifrare questo atto di nascita sporco e misterioso, rimasto nel cassetto troppi anni, ma non posso parlarne con altri senza prima avere chiesto spiegazioni a lei: che ci faceva tra le vecchie bollette del gas un atto di nascita vecchio quanto me?

Moon River

Sei distesa come una badessa, le braccia coricate sul lenzuolo, le mani schiuse, corolle di carta velina arricciata.

Io me ne sto carponi, cospiratrice in attesa di un cenno e di un'idea sensata.

Dal fondo del letto la prospettiva cambia e visto da qui il tuo mento pare una collina spellata, la punta del naso s'alza al centro come un campanile nell'affossamento del bulbo oculare. Sembri il Cristo del Mantegna con una nuvola di capelli bianchi sulla testa. Solchi sottili sono incisi come sentieri sulla tua fronte di latte.

Oggi non posso parlarti guardandoti diritta in viso e massaggiandoti la mano con la crema alla genziana, "un dito alla volta e poi sul palmo con movimenti circolari". Ho assolutamente bisogno di creare una certa distanza tra noi per via dell'argomento che sono costretta ad affrontare.

Mi accomodo sul rovere lustro di unguenti, il vassoio tra le gambe. Spalmo marmellata di fragoline aspre sulle fette di pane tostato, il caffè allungato con l'acqua è bollente: è tempo di vacanza e la prima colazione, più che una necessità, è un sacro abbandonarsi al piacere.

Tu ti abbeveri alla fleboclisi, acqua di sorgente che ti goccia dentro con pedante lentezza.

Devo distrarmi da una domanda.

Bip.

Tutto bene, sono in classe. Test settimanale. Guglielmo in banco con me. Ti chiamo forse dopo. TVTTB Fanny.

Mi manca terribilmente la sua vocina, adesso, anche se i suoi "forse" mi danno sui nervi: Fanny conosce per istinto il potere che ha su di me l'indeterminatezza e appena può ne approfitta. I suoi discorsi sono infarciti di forse, cazzo ne so, mica posso giurare ogni volta. Le piace tenermi sulla corda, depistare, non dare certezze. Eppure, in questi giorni così poco allegri ho nostalgia delle "menate da bagno", come le chiama lei, quelle del mattino, quando ci spartiamo creme e cosmetici, di solito litigando.

"Non ti permettere più di toccare il mio fondotinta"
"Dove è finita la mia maschera anti-acne?"
"Perché usi il mio kajal?"

strepita, prima di inforcare il motorino e andare a scuola a ombelico scoperto.

Quando avevo la sua età, tu promulgavi norme e scansavi il sentimento, mamma. Io eccedo in amore inespresso e non so imporle uno straccio di regola, figuriamoci a quell'ora e prima ancora di bere una tazza di caffè. Ovviamente Fanny me lo rinfaccia e quando mi si pianta davanti a gambe divaricate, i capelli gocciolanti (*"ti verrà la cervicale se non la pianti di uscire con la testa bagnata!"*) e la maglietta a mezz'asta su jeans a vita troppo bassa, io subisco quei fari puntati addosso senza opporre resistenza.

Sono una vigliacca.

Dove eri, mamma, quando a essere spaventata ero io? Dove ti nascondevi quando non sapevo farla addormentare e allattarla e cantarle uno straccio di ninna nanna?

È l'abitudine, sai. Ai rimproveri di Fanny replico con il silenzio; mi illudo che il mio calore la raggiunga come un messaggio secretato e abbia l'effetto di un balsamo pacificatore. Pare duri fino a diciotto anni o giù di lì, dicono i manuali e le amiche che ci sono appena passate. Attendo fiduciosa un dialogo più civile. E magari paritario.

Ora che lei è lontana da me e io sono così vicina a te, mi struggo per le serate da divano, quando vibriamo per le sorti di medici in prima linea e coppie adolescenti già scoppiate dopo il primo bacio, o quando discutiamo di necroscopie e omicidi, interrogandoci sul destino dei protagonisti come fossero parenti, tenendo il trancio della pizza in bilico sulle gambe. Michele si astiene, non ama i telefilm, né condivide le nostre passioni catodiche. Si chiude in studio e si ripresenta ai titoli di coda, millantando competenza sulle nostre passioni.

"Certo che da quando George Clooney ha mollato la serie, ER non è più quello di una volta."

Tu mi portavi con papà al cineforum, la domenica pomeriggio. Falcavo al massimo della lunghezza delle mie gambette a spigoli. Serravo le tue dita nella mano destra, papà camminava alla mia sinistra, solenne come un corazziere. Dopo il film, la scelta era scandita dalle stagioni: un cono di gelato limone e fragola dalla primavera a settembre, un cartoccio di caldarroste o una tazza di cioccolata quando la nebbia era un batuffolo e io avevo il cuore gonfio di gratitudine. Non la ritrovo più, non so di cosa esserti grata se non del fatto che, forse grazie a te, in questi giorni qualche ricordo affiora.

Il mio discorso meriterebbe la compagnia di una musica. Aiuterebbe a sciogliere la domanda che mi martella da ieri, a intervalli regolari come doglie. Potrei installare il tuo vecchio impianto stereo, mettere sul piatto questi dischi in vinile.

Cosa ti piacerebbe ascoltare, mamma?

Pensavo a *Moon River*, che dici? La ballavi con papà e io mi appendevo alla sua giacca per tentare in tutti i modi di separarvi. Era Natale, ci portò con un taxi dai sedili sfondati davanti alle vetrine di Tiffany per cantartela mentre io avevo le labbra viola e il vento grattugiava la faccia. Indossavi il cappotto con il collo a stola in astrakan grigio topo e guanti di capretto, ed eri raggiante. Tutto ti apparteneva, i gioielli che non avresti mai potuto comperare, l'esplosione di angeli e Babbi Natale in brillanti e, soprattutto, papà.

Sembra che tu lo faccia apposta a squadrarmi con

gli occhi dell'animale braccato. Non appartieni ancora all'eternità, accidenti, e io devo farti la domanda più difficile di tutta la mia vita.

Un colpo di vento e l'aria ci urta come una visita inattesa. Mi sposto accanto al comodino, da questo punto sentirò meglio. Sono qui per assisterti, hai ragione, ma devo anzitutto parlarti.

Di cose passate. Che forse hai dimenticato.

Possiamo usare questa tavola trasparente sulla quale è inciso l'alfabeto, Nardi me l'ha portata l'altro giorno quando mi ha vista disperata. La collocherò all'altezza del tuo viso e tu potrai rispondermi fissando le lettere o gli ideogrammi in successione, quando avrai formulato mentalmente il tuo messaggio. Puoi annuire o scuotere il capo, rivolgere lo sguardo verso l'alto o verso il basso, puoi sollevare un sopracciglio, se preferisci.

È che mi mancano un prima e un dopo. *Prima* di questo foglio e *dopo* quello che è accaduto.

Dio solo sa dove troverò il coraggio. L'ho pregato, stanotte, il mio Dio che non credo sia lo stesso che invochi tu, quando lo senti rosicare i legacci che ti costringono in questo stato.

Voglio parlarti del foglio che rigiro tra le mani da ore. Questo, guardalo. È la mappa ingiallita di un tesoro, ha una piega al lato sinistro e una macchia marrone proprio al centro. La calligrafia è rotonda, tra microgrammi di lettere spiccano a tratti irregolari delle guglie arricciate.

Hanno scritto senza fretta, si capisce, data l'irripetibilità.

Un documento così si scrive una sola volta.

Atto di nascita – Parte I – Serie A

L'anno millenovecentocinquantasei, addì dieci del mese di gennaio, alle ore diciassette e minuti venti nella casa sita in Via Fontanile al numero 2.

Avanti a me, Vittorio Maggioni, Ufficiale dello Stato civile del Comune di Montevecchia (Como) è comparso Giacomo Cogliati, nato in Milano il venti del mese di luglio millenovecentoventidue, residente in Milano, e domiciliato temporaneamente in Montevecchia, alla presenza dei testimoni Maria Audilia Preziosi, nata in Lecco il diciannove agosto millenovecentodiciotto, residente in Lecco e Maddalena Brivio, nata in Milano il quattro del mese di aprile milleottocentonovantaquattro, residente in Milano, mi ha dichiarato quanto segue:

il giorno dieci del mese di gennaio dell'anno millenovecentocinquantasei, alle ore sei e minuti quindici, nella casa posta in Montevecchia, Via Fontanile al numero 2 da Giacomo Cogliati, già sopra identificato e da Luisa Brivio in Cogliati, nata a Milano il giorno diciannove del mese di marzo dell'anno millenovecentoventisei, nat███████████femminile.

A dett███ che mi ███ impo███
Maddal███   Margherit███

Il presente atto viene letto agli intervenuti
L'Ufficiale dello Stato civile.

Non sto balbettando, mamma. È che questa maledetta macchia si è bevuta le parole e le frasi risultano incomplete. Ho bisogno di sapere, adesso. Non possiamo rimandare, perché è da giorni che non penso ad altro.

Adesso, subito, per favore racconta.

Ti metto davanti al naso la tavola trasparente. Puoi battere le ciglia: un battito significherà sì, due battiti saranno no.

Chi c'era con noi? Qualcuno è "intervenuto" e quello dello stato civile si è pure dimenticato di firmare.

Ai tuoi muscoli è ancora data la facoltà di scegliere. E la malattia ti autorizza a proseguire quello che iniziasti tanto tempo fa. Mi stai ascoltando e reagisci, lo capisco dalle tue palpebre che si contraggono.

È una lacrima, quella goccia che attraversa il tuo occhio sinistro? O è solo, per dirla come il neurologo, una "esagerazione della risposta motoria agli stimoli emotivi che conducono a riso o pianto involontari"? Scoppiai a ridere quando spiegò a me, la figlia emotivamente instabile, che avresti potuto cadere vittima dell'"affettività pseudobulbare", e cioè che la tua mimica avrebbe potuto esprimere gioia o malinconia senza un motivo reale. Vale a dire che il corpo parla da solo e questo non significa un bel niente.

Che farai, ora, per tenere sotto controllo le emozioni? Tu, che reagivi con fastidio di fronte all'imprevisto e ti sei molto seccata quando ti annunciai, a sorpresa, "mi sposo, mamma. Con un penalista dagli occhi blu, che conosco da sei mesi".

"Povero bambino," hai mormorato, scuotendo la testa e sbirciando il mio ventre ancora piatto. Non mi facesti l'unica domanda a cui aspiravo e che avrebbe avuto a che fare con la mia felicità.

Hai taciuto per quarantanove Natali, mamma. Dimmi, adesso: dove posso collocare nella mia anima e sistemare nella mia ragione questo foglio di carta ingiallito?

You're so vain

Quando ritrovo questo esilio il mio umore si acquieta. Con lei non riesco a starmene lì seduta a non fare niente. Rimugino e fisso il certificato come se a furia di fissare mi venisse un'intuizione. Forse mi hanno tenuta all'oscuro di una brutta notizia per via della mia eccessiva fragilità. Magari è morta subito e chi s'è visto s'è visto. Potrebbero averla occultata persino a lei e sepolta in tutta fretta. E se avesse avuto una malformazione, di quelle che poi la vita è un lento calvario?
Una bambina sbagliata, come ne nascono tante.
La verità è al piano di sotto. Qui ci sono solo congetture.
E sto in pace.
Vivo senza sillabare il tempo, non ho orari, striscio rasente i muri per non incrociare quelle due. Da quando si è alleata con l'aguzzina in divisa, mi irrita persino la Nina. Ciondolo dall'oasi materna a questo atelier da artista e non m'importa di niente altro. Siamo inversamente proporzionali, lo stru-

mento e io: il suo aspetto migliora di giorno in giorno.

Io ho perso la vanità.

"E l'amor proprio," commenterebbe Michele. La mia trasandatezza lo metterebbe in allarme, lo so. Se mi vedesse così conciata sarebbe tutto un "non è da te trascurare il tuo aspetto, perché non vai dal parrucchiere, sei così carina eccetera". In effetti non mi lavo, non mi trucco, ho sempre la stessa salopette da giardiniere addosso e puzzo di colla. Sa di marcio, ma quella di pesce è l'ideale per saldare le crepe. Le mie unghie sono sempre più rovinate e i polpastrelli, a furia di raspare, si stanno consumando. Solo i piedi sono in ordine: le Superga bianche con le stringhe slacciate "sono ok", direbbe Fanny. L'iPod inchiodato nelle orecchie occlude la mia relazione con qualsiasi mondo che non sia il mio e il lavoro manuale legittima l'ossessione, rende verosimile ogni forma di ottusità.

Piegata in avanti con la schiena curva, porto la zattera verso l'ormeggio. Sono a buon punto con il coperchio, gli ho stuccato un graffio che stava proprio al centro, una scalfittura che pareva una ferita: dovevo assolutamente eliminare l'affronto dell'insensibile che lo ha deturpato in un momento di distrazione, supponiamo l'operaio della ditta di traslochi o una serva maldestra. Le corde sono sottili sbarre di ferro sulle quali è depositata una ruggine rossastra, sfibrate come capelli che non vedono un parrucchiere da mesi. Dovrebbero essere centocinquantanove, ne mancano dieci e otto sono irrimediabilmente spezzate. Allento i pironi con la chiave che Lorenzo, un liutaio dal cuore generoso e dalle mani d'oro che venera Stradivari e arrotonda sistemando pianoforti in un laboratorio del Ticinese, ha realizzato per me. "Salvo le cose perché non so salvare il mondo," mi disse quando passai a ritirarla e io pensai che quel mestiere, oltre a massacrare le dita può dare alla testa e che forse con la bottega e tutta quella solitudine mi stavo davvero cacciando in un guaio. Sbottono una corda, la arrotolo su se stessa e la contrassegno con un'etichetta adesiva. Ogni corda corrisponde a una nota, ci vorrebbero giorni e si comprometterebbero. Provo quindi a estrarle tutte insieme così come sono, arrugginite e ossidate al pirone, e le appendo in verticale alla sbarra che ho inchiodato tra i fiori della tappezzeria.

Funziona.

Ammutolito, l'alfabeto della musica mi sta davanti. Il graticcio di metallo è una cascata di rampicanti. Che inizia con un fa naturale e termina con un fa naturale.

Anche con Alessandro fu tutta colpa di un fa.

Era il 1974, Carly Simon cantava *You're so vain*, lui aveva vent'anni e capelli che sembravano svenirgli sulle spalle. I jeans di velluto a coste sottili fasciavano cosce non lunghe ma sode, da calciatore. Sul maglione di lambswool teneva una sciarpa avvitata al collo che odorava di sigaretta.

È salito all'ammezzato e si è seduto sulla seggiola di legno e velluto di papà.

Muoveva il piede in avanti e all'indietro.

È un tipo nervoso, ho pensato, e anche miope, dato che porta occhiali dalle lenti spesse.

Inavvertitamente gli ho sfiorato un ginocchio.

"Scusa."

"Scusa tu: è che alzi e abbassi le gambe come un'altalena."

Gli avevo chiesto di rileggere la tesina da portare all'esame di maturità: la storia di un violino appartenuto a Giovanni Battista Guadagnini, che già dal titolo avrebbe fatto colpo sulla commissione: "Joannes Baptista Guadagnini Placentinus fecit Mediolani, 1755".

Le altre presentavano pittori del Cinquecento, *Il multiforme ingegno di Pablo Picasso, La concezione della bellezza negli impressionisti, Giotto: anima e poesia, I sensi della natura morta neorealista.* Assolute banalità.

Avevo bisogno di qualcuno che mi togliesse dalle secche di quel testo e glielo avevo chiesto senza troppi giri di parole mentre guardava in basso frugandosi nelle tasche, davanti alla cancellata che separava la scuola dai platani dei giardini pubblici. Era più timido di me.

Non appena l'ho visto, ho capito. Ci siamo guardati come se vedessimo *qualcosa* di nuovo per la prima volta, confondendo il prima col dopo. Perché si sa da subito cos'è quella corrente che fa sudare le mani e il magone che ti chiude lo stomaco e la calma strana che ti circonda: significa che ti stai innamorando.

E se non scappi, sei fottuto.

La Civica Scuola Superiore Alessandro Manzoni era un liceo milanese per secchione, mio padre mi ci aveva iscritta perché "le lingue straniere aprono qualsiasi porta". Io ci andavo di malavoglia perché era una scuola femminile e il genere maschio era talmente malvisto dalla "direttrice disciplinare" che rimase memorabile l'invasione di quelli del Parini durante la prima e fatale occupazione mista. Otto giorni di sospensione e un incrocio di storie d'amore vertiginose.

Alessandro stava con i ragazzi che all'ora di pranzo si piazzavano davanti al fertile terreno di caccia. Non era difficile attaccare bottone, eravamo un mito cittadino e la Quinta B, cioè noi, fra le più ricercate. Teneva al guinzaglio un grosso cane nero, dal pelo corto e lucido come quello delle foche. In realtà il bastardo assomigliava molto più a una foca che a un cane, ma dirglielo come prima battuta sarebbe stato un'imperdonabile sciocchezza. Accarezzai il testone della foca e mi presentai. Nora, piacere.

"Ai tuoi piace il teatro?"

"Non particolarmente, perché? Ah, no, non c'entro con Ibsen e *Casa di bambola*. Era il nome della bisnonna."

Nella mano libera teneva un'agenda marrone farcita come un hamburger, nella quale avrei voluto ficcare le dita. Ci avrei trovato lettere, indirizzi, biglietti da visita di quelli che dopo sei mesi neanche ti ricordi chi te li ha dati e per quale ragione. Era al secondo anno di Economia e Commercio alla Bocconi, l'ateneo dei figli di papà. La storia con Paolo era finita da un paio di mesi. Una scelta senza ritorno. Sua, naturalmente, anche se non aveva lasciato cicatrici, dato che avevo smesso di contare le ore e di fissare il telefono. Ero sprofondata negli appunti col miraggio della fuga. Con un sessanta sarebbe scattato un corso estivo di storia del restauro a Parigi. Promisi ai miei che avrei seguito anche lezioni di francese ottenendone in cambio uno stiracchiato "vedremo, dipende dal voto". Avevo chiari in testa capitoli e obiettivi, ma la scrittura no e quel ragazzo che nel tempo libero traduceva dal tedesco e leggeva saggi di economia per conto di un piccolo editore faceva al caso mio.

Uno studente con la bocca carnosa e dita nodose dalle unghie quadrate.

"Sto preparando la maturità: mi daresti una mano?"

"Se posso…"

Avevo ideato un dialogo tra il liutaio e lo strumento.

"Non ho mai sentito prima un violino parlare, ma rischia," rispose, "l'idea è buona. Io suono chitarra e basso, possiedo anche una Höfner Violin degli anni Sessanta, è una chitarra elettrica sagomata come un violino, dello stesso tipo utilizzato da Paul McCartney. Per amplificarla uso un sistema ingegnoso che attacco all'impianto stereo, hai presente?"

Non avevo presente, ma mi sembrò un'informazione utile per dare una prima valutazione del suo grado di sensibilità. O gli garbava vedere da vicino le misere ansie di una studentessa dallo scarso autocontrollo o – come sostenne durante il nostro primo giro al parco con cane annesso – la saggistica lo "accendeva".

Ma come fa uno ad accendersi per la saggistica? La mia era solo una tesi di una quarantina di pagine, intarsiate da disegni a china. Avrei frequentato il corso di laurea in Lettere moderne con specializzazione in Storia dell'arte. E questo era il mio primo scritto.

Alessandro serviva a ripulire la tesina di errori e ripetizioni. E a ballare i lenti. Che erano la mia passione. In ogni caso, a venti giorni dall'orale, era una presenza urgente che non ammetteva divagazioni. Perché un volumetto anche raffinato scritto come si deve non prevede interpretazioni. Solo fatti, snocciolati con logica.

Chi non ha mai sentito parlare un violino è un essere insensibile.

"Suoni la chitarra, dunque conosci l'accento di uno strumento a corda."

"La mia Yamaha non parla, suona."

"Come vuoi lavorare?"

"Non so leggere in due."

Dopo mezz'ora si era già sfilato il maglione. Stava impalato con addosso una camicia a righe non proprio stiratissima. Sui fianchi era soffice come panna montata. I fanatici del muscolo mi mettevano soggezione, ma non mi piacevano nemmeno quelli che potevi già indovinare rotondi da vecchi.

Leggevamo a turno, un capitolo a testa.

Si alzava dalla sedia e, agile come un gatto, si appoggiava alla balaustra. Serrava gli occhi.

"Fermati. Rileggi."

Lo facevo, nel timore frustrato che una frase lo disturbasse.

Era il primo sconosciuto al quale mettevo in mano le mie future glorie, senza sapere che gli stavo affidando anche tutto il resto. Lui spuntava aggettivi troppo ispidi e non si curava di chiedermi se mi ci ero già affezionata.

"Caffè? Hai del caffè?"

I had some dreams, they were clouds in my coffee
You're so vain

"Ti piace Carly Simon?"

Questo ragazzo è nervoso. E sicuramente già fidanzato, sospettavo, ladra di amori che appartengono ad altre.

"Se devi andare facciamo domani."

Ho messo Simon and Garfunkel sul piatto del giradischi, *Greatest Hits*.

"Le suono tutte. Sono i timbri dolci di un'America pacifista e libertaria. Come l'*Alabama* di Neil Young.

Non devo andare da nessuna parte, anche se prima o poi in America ci vado."

Quando cala il buio / E tutto intorno è dolore / Come un ponte su acque tumultuose / Mi adagerò.

Mi sarei mai adagiata sul ragazzo di panna?

Lo guardavo di traverso e indagavo sotto lenti troppo spesse per la sua età, cercando un'espressione, un rimbocco, un pentimento del tipo "chi me l'ha fatto fare di stare a sentire questa cretina". Invece si complimentava per un'espressione particolarmente felice e io mi sentivo una letterata.

"Scrivi bene."

"Ehi, mica sono una scrittrice. Sono una che non riesce a vivere allegra. Quando mi sento triste, levigo un pezzo di legno fino a farlo diventare lustro come una stecca da biliardo."

Non ti ha chiesto confidenze di questo tipo e penserà che sei pesante.

"Invidio le persone portate per il lavoro manuale, io sono un disastro, non so fare niente di questo genere."

"Vado a preparare un caffè. Lucio Battisti va bene?"

"Mi piace Battisti."

"Suoni anche questa?"

"Ovvio che sì."

Il ragazzo prodigio che studia Economia, corregge tesine di strumenti ad arco che parlano e suona in un complessino rock mi ha allungato il primo sorriso.

Ed è stato come se mi avesse decapitata.

Mai visto un sorriso *così* prima.

Avevo diciotto anni e avrei voluto averne trenta, a patto di essere un'amante consumata.

A pagina undici facciamo una pausa, con la tazza del caffè a tenere impegnate le mani.

È tornata lei.

"Mamma, lui è Alessandro."

"Buona sera, signora."

"Continuate pure a studiare, ragazzi."

Si era congedata in fretta, ma mi avrebbe tempestata di domande, la sera. Per sapere da dove fosse sbucato e quali fossero le sue intenzioni.

Quali intenzioni?

Questa stanza erutta ricordi. È un vulcano rimasto zitto per decenni che disturba la pace di chi si era abituato al suo sonno. Forse basterebbe sfiorare lo stop: niente musica, fine delle diapositive. Sto pensando a uno che non vedo da venticinque anni e mio marito mi telefona *per sapere come va*. È solo una coincidenza, sicuro che lo è. Michele mi lascia respirare, sa tenermi al laccio con delicati mezzi di coercizione. È scaltro e affidabile ed è anche un ottimo cuoco che prende sul serio la gastronomia: la scelta degli ingredienti, la preparazione, il sapore e l'aspetto di qualsiasi cosa rechi l'impronta della sua cucina.

Liquiderebbe questi ricordi come reminescenze scolastiche.

"Non mi hai mai parlato di lui. Cosa fa, adesso, il commercialista?" È come le Pagine Gialle, classifica le persone in generi professionali.

Se oggi incontrassi Alessandro e lo riconoscessi, gli chiederei soltanto se è un uomo felice.

Unforgettable

La carrozzina è parcheggiata in anticamera, tra un portaombrelli in coccio e un paio di enormi stivali da pesca in gomma verde. Lucida come una fuoriserie, ha pratiche manopole di gomma, un sedile imbottito color cammello, un poggiatesta, un cuscino antidecubito e lo schienale reclinabile. È stata realizzata su misura per te, mamma, una sedia haute-couture che "ti garantirà un alto livello di comfort", come ha spiegato il tecnico che l'ha consegnata, fiero come un meccanico ai box della Formula Uno. L'ho provata, la tua nuova protesi con le ruote – è leggera! – e non vedo l'ora di portartici a spasso. Il termometro segna trentaquattro gradi e penso sia una buona idea scendere in giardino, fra i bossi potati, le siepi di lauro, l'oleandro, le ortensie, il tuo roseto ancora in fiore. Ci terrà compagnia il gocciare della fontanella in pietra invasa di muschio e questo nuovo lettore cd.

Tutto deve essere perfetto.

La scenografia, il decoro, l'accompagnamento devono dare l'idea della vacanza. E daranno fastidio all'infermiera che ti tratta peggio di una malata terminale.

"Siamo tutti a termine," le ho ricordato, "mia madre ha bisogno d'aria. E di me."

Ti parcheggerò all'ombra, ti imboccherò con la mela grattugiata che ho miscelato con qualche cucchiaino di yogurt, e ascolteremo insieme. O forse preferiresti un sorbetto di limone? Un frullato di fragola e pera? Non so com'è, oggi sono piena di inventiva e riesco persino a maneggiare questa dannata cannuccia da infilarti in bocca.

Ho dato alla Nina un giorno di permesso. Non l'ha presa bene, si sente esclusa, ne approfitterà per andare a Lecco da sua cugina. Dice che la conoscevi. Rosa, mi pare che si chiami così. La carceriera si è barricata in salotto, legge un romanzetto o una delle sue noiosissime riviste di medicina: "La chiamerò se avremo bisogno di lei." Non capisce che ciò che ti manca è la vita di tutti i giorni, che loro ti tengono lontana dalla normalità e io desidero, invece, che tu ne goda il più possibile. Quindi basta con queste orrende camicie da notte, cerchiamo qualcosa di meglio.

E che sia elegante, per favore!

Nel tuo armadio pendono abiti che non indossi da anni. Mi ci rannicchiavo da bambina in questa spelonca a quattro ante, tra la desolazione di pesanti sottovesti, mutande di lana e panciere in elastico rosa carne, mentre la Nina mi dava per persa. Mi piaceva strofinare il naso nei tuoi chemisier tutti uguali, blu marine e bianco ghiaccio con i bottoncini sulla pettorina e colletti di piqué inamidato dalla punta rotonda. Un guardaroba di morti, a vederlo adesso, che puzza di uova canforose infilate tra lenzuola di lino dure come cartone.

Avanzi di donne restie a disfarsi del corredo di nozze.

Ecco il Saint-Laurent rosa e grigio, la sottana a pieghe è un respiro di seta anche se, a toccarla, tra le dita la stoffa sembra subito meno leggera. Sei d'accordo sulla mia scelta, mamma? Apprezzi la mia buona volontà nel fare apparire tutto questo come un intervallo gradevole e giocoso?

Non affannarti a rispondere, l'ultima cosa di cui ho bisogno è la tua riconoscenza.

Perché ogni riconoscenza è come i debiti di gioco: pericolosa.

Spalanco la finestra, lascio che la luce ti schiocchi un sonoro bacio sul viso. Che fai? Cos'è quella espressione stupita, che mi riflette come gli specchi anamorfici dei parchi dei divertimenti? Ti prego, smettila, è una così bella giornata! Lascia che sia io a pettinarti, spolveriamo un filo di cipria rosa sul viso e stendiamo del mascara sulle ciglia. Guardati, sei bellissima, una visione di beata normalità. Sollevarti è uno scherzo da ragazzi, scenderemo le scale e ti farò accomodare sulla carrozza della tua ultima estate.

Una madre e una figlia fanno merenda in giardino, si godono l'ombra e la compagnia l'una dell'altra. È una bella visione. A papà saremmo piaciute.

Appoggia la tua testa alla mia mano, così non dondolerà. Sento il calore della tua guancia bagnata di sole. Emani profumo di contentezza, bene, il mio piano sta funzionando.

Sono un impresario specializzato in intrattenimento per mamme depresse.

Vieni, succhia queste schegge di cibo sminuzzato, sorseggia la spremuta, rinfrescherà la tua gola arsa. Lo so, deglutire è una fatica, eppure sembri felice del fulgore del giardino, quasi che la malattia abbia inaugurato un mondo nuovo e ci stia donando una possibilità. A pensarci bene, anche la lingua è un muscolo e non sai quanto mi piacerebbe indovinare le centinaia di parole impigliate alla tua glottide, reticoli di consonanti e vocali che hanno smarrito il loro glossario e si sfaldano come cialde da gelato, prima ancora di essere pronunciate. Restano dentro di te, nel dizionario multilingue del segreto che ci unisce. Questo atto di nascita, ad esempio.

Vuoi provare a parlarmene, mamma? Non penso ad altro, come puoi immaginare.

Ecco la sorpresa, Nat King Cole canta con sua figlia *Unforgettable*, indimenticabile. E non dirmi che non te la ricordi, perché non ci credo. C'è la sua dedica sulla copertina del vinile, guarda, è firmata da papà. Nathalie ha restaurato in digitale la voce di suo padre e ora, grazie a questa incisione, cantano insieme, una strofa l'uno una strofa l'altra, in duetto. Unforgettable. Indimenticabile.

"Quando le corde vocali sono compromesse, le variazioni di sonorità e tono sono limitate, e il suono della voce diviene monotono e debole, facilmente affaticabile": Nardi mi ha consolata così, ieri, quando l'ho chiamato perché mi sentivo frustrata dai tuoi gorgoglii. Lui dice che è tutto normale.

Stai seguendo il copione, mamma, alla lettera, mentre ascolti il suono di un pianoforte e fissi un luogo lontano e la musica riempie lo spazio fra di noi.

Lei: George Sand, pseudonimo di Amandine-Aurore Lucie Dupin, scrittrice, nata a Parigi il 1° luglio 1804.

Lui: Fryderyk Franciszek Chopin, compositore e pianista, nato a Żelazowa Wola, vicino a Varsavia, il 1° marzo 1810.

Incontro: nel 1837 a Parigi, a un ricevimento di Franz Liszt. Quando indicano a Fryderyk la famosa scrittrice, lui obietta: "Ma pare un uomo...", quando indicano a George il pallido pianista venuto dall'Est, lei, due figli e sei anni di più, dice "Pare una fanciulla..." George si innamora subito di quel genio del pianoforte, pallido, emaciato e malato di tubercolosi. Chopin non ricambia subito l'interesse della Sand, ma quando la rivede se ne innamora perdutamente.

Svolgimento: Chopin è tubercolotico fin dall'adolescenza e soffre di un disturbo nervoso che alcuni psichiatri contemporanei hanno diagnosticato come schizofrenia, George tenta di guarirlo e in effetti vicino a lei e ai suoi figli, Solange e Maurice, in quell'amore libero e assai eccentrico per l'epoca, il musicista conosce un po' di felicità. Nell'inverno 1838 i due si imbarcano su *Le Phénicien* fino a Barcellona e poi sul traghetto *El Mallorquín* fino a Majorca, Isole Baleari. Si rifugiano prima in una villa e poi al convento abbandonato Valdemosa dove George fa arrivare il *Pleyel* di Chopin. Fa freddo, piove di continuo, Fryderyk compone, ma la sua salute si aggrava e i soldi scarseggiano. Nel 1839 tornano a Parigi e il 22 maggio si trasferiscono per l'estate al Castello di Nohant, dove Fryderyk suona per George un'ora al giorno.

Fine: nell'autunno 1845 il compositore si ammala di nuovo e anche le cose con George cominciano a non funzionare. Nell'inverno 1846 Chopin è a Parigi da solo. È la prima volta che, dopo nove anni d'amore, i due amanti non si vedono per otto mesi consecutivi. Nel 1847 il matrimonio di Solange con lo scultore Jean-Baptiste Auguste Clesinger, che a Chopin non piace affatto, è il pretesto che porta alla rottura: offesa dal suo giudizio sul genero, con una durissima lettera nell'agosto 1847 George lo lascia per sempre. Fryderyk, depresso e devastato dalla tisi, cerca rifugio in Inghilterra, dove suona per la regina Vittoria e incontra Charles Dickens. Tornato a Parigi, muore il 17 ottobre 1849, alle due del mattino. George gli sopravvive serenamente fino al 1876.

La tua malattia colpisce solo i muscoli. Sta risparmiando le "funzioni cognitive" e persino quelle sensoriali, che restano intatte fino all'ultimo stadio. Con la SLA si salvano il controllo della vescica e dell'intestino, la vista, il cuore e persino le funzioni sessuali. Volendo, potresti persino avere un amante. Sto scherzando, mamma, non fare l'offesa e succhia dalla cannuccia. Su, da brava.

È che l'arcobaleno delle tue rose e questa messinscena mi hanno messo di buon umore. Quando ci si sente pieni di speranza anche senza crederci davvero. Nardi dice che chiacchierare ci fa bene e io credo che abbia ragione, che l'amore sia un lungo discorso e che senza parole non sia amore, ma resti nel limbo dei tentativi. Devo fare un certo sforzo per immedesimarmi nella parte, mamma. Non riesco a esprimermi con scioltezza, mi arrovello e ne accumulo a centinaia, di parole, nella testa, basterebbe un tuo involontario mutamento di espressione per deviarle dalla strada che hanno imboccato.

Fanny direbbe che mi sono incartata, io credo semplicemente di desiderare che le parole non siano smentite dai gesti. Vorrei non sentirmi ripetere, per l'ennesima volta, quanto sia grossolano il mio carattere. Sarei disposta a farmi trattare male pur di non essere ignorata.

Ho imparato, sai: se amo non riamata, scappo. Oppure faccio come in questi giorni con te: guardo fino a consumare lo sguardo, aspettando il giorno in cui la sola vista del tuo corpo sgualcito mi lascerà indifferente. E segnerà lo stacco come il ciak del regista.

"Partito," ordina all'assistente, e tu non esisti più.

Perdona se tengo accanto a me il cellulare, che vigila come una vedetta. È per Fanny, chiama a qualsiasi ora. Ti manda i suoi saluti dal college. Tornerà in tempo, riuscirà a vedere la terribile immobilità di chi ha perso la possibilità di parlare con la propria figlia.

Ti stai sfaldando come una medusa.

Seccherai e non urticherai più la pelle.

Amen.

Only love can break your heart

Sono rimasta a letto fino a quando la luce si è accucciata per la notte dietro la luna. Mi sono presa la libertà di non scendere di sotto, per una volta. Quella passeggiata mi ha sfiancata, la sua vista è insopportabile e il letto l'unico rifugio dove il dolore ha accesso. Vestita col mio sacco di jeans incarno il consunto repertorio dell'abbandono: lui l'ha lasciata e lei, buttata sul divano come un abito stropicciato, ha gli occhi gonfi di lacrime. Sono le prime, dal giorno del mio arrivo, tredici giorni fa.
"Non si sente bene, Nora?"
"Ho qualche linea di febbre, ma non è nulla. No grazie, non prendo aspirine. Con una bella dormita tornerò come nuova."
Di che s'impicciano? È tutta per loro, oggi. Almeno sono pagate per qualcosa. Tengo gli annunciatori della radio come sottofondo, CIS viaggiare informati. Io sono al sicuro e mi piace immaginare milioni di turisti in coda sulla A14, agli svincoli di Mestre, sulle tangenziali, le strisce di bitume delle loro vacanze.

Il mondo si muove mentre io resto inchiodata sempre allo stesso punto.

Il certificato.

L'ho spalancato come una foglia secca sul cassettone, bloccato ai lati dai volumi in pelle che ho recuperato nello studio di papà. Un altro sacrario che hanno lasciato ammuffire con la scusa del rispetto per le anime dei morti. Ho tentato di cancellare la macchia, ma ho peggiorato la situazione e l'ho bucato. Mi alzo di tanto in tanto, giro intorno al foglio come un animale in trappola e non so nemmeno mettere in fila una serie di pensieri sensati. Non posso rimandare, devo assolutamente parlarne con Michele, lui trova cavilli che salvano dalla galera anche le anime più nere. Ho sempre pensato che la nascita, come l'amore, fosse una questione privata tra chi ti mette al mondo e chi lo incrocia per la prima volta. Stando a questo foglio, mi sono sbagliata. Non eravamo sole.

Testimoni non ne sono rimasti.

E io, accidenti alla mia memoria, non ricordo vagiti che non fossero i miei.

Potrebbero avere taciuto per generosità, per non *turbare l'armonia* della mia crescita. Forse qualcosa è andato storto, un forcipe particolarmente aggressivo invece di afferrarla per le spalle ha lacerato il suo bel musino. Può avere fatto tutto da sola avvolgendosi il cordone ombelicale intorno al collo come un cappio. In quel caso l'avranno buttata con il sacco della placenta.

Forse si è semplicemente dimenticata di respirare.

Perché rivangare su qualcuno che non ha avuto il

tempo di sentire gli schizzi di mare sulla faccia, di litigare con la maestra, di innamorarsi di quello dell'ombrellone vicino?

Qualcuno che non ha potuto dire la sua. La peggiore pena che possa capitare.

Siamo tutti innocenti, fino a prova contraria.

Faccio leva sul materasso per alzarmi, la schiena indolenzita, qualunque mossa mi è preclusa, la comunicazione è interrotta come una lettera senza finale, alla quale manca l'ultima pagina.

Sono le dieci passate, arrivo nel mio rifugio con l'insensato timore di non trovare il fortepiano, pagando con la sua scomparsa l'egoistica imprudenza di avere ignorato la mamma per tutto il giorno.

Joseph Böhm mi attende al suo posto, anche se non è più lo stesso. Parzialmente smontato, ha lo stesso piatto mistero di quei giocattoli che mi mettevano sotto l'albero di Natale, moncherini di compensato incastrati in vaschette di polistirolo, un libretto con le istruzioni per l'assemblaggio e una fotografia del modellino sul coperchio.

Le corde penzolano come rampicanti attorcigliati tra i petali stinti della parete, radici di un albero maestoso che qualche sciocco ha sbadatamente dimenticato di bagnare. La carcassa, un cratere scavato senza più difese, sembra rimpiangere la morbidezza dei panni che lo hanno strigliato e la cera di candelilla che lo ha sfamato. Fuori, una spessa trapunta di nuvole basse attende un "la" per rovesciarci addosso la sua benedizione.

"Ti farò rivivere prima che lei muoia," gli sussurro,

e non me ne vergogno. C'è chi intona arie d'opera alle piante convinto che una melodia abbia l'effetto di un concime, io parlo con gli oggetti, che replicano a mio piacimento.

Ho cominciato nel reparto infettivi dell'ospedale Sacco, quando l'epatite mi costrinse a dialogare attraverso un vetro con l'alfabeto muto. Lo strumento deve tornare integro prima che lei mi pianti in asso. Prima che *abbandoni il suo corpo*. Michele userebbe questa espressione, tanto lo scombussola la parola esatta, una strana reazione, per uno che campa sui morti ammazzati e non partecipa ai funerali "per scaramanzia".

Infilo i guanti di cotone, dopo due settimane ho le mani appassite dai tagli nonostante le abbia lasciate immerse nella vaselina per mezz'ora. Mi chino sulla tavola armonica come un chirurgo sul paziente in sala operatoria, anche se non posso raccontare – mi darebbero della pazza – l'intimo piacere della solitudine forzata e quanto sia diventato essenziale per me questo strumento, che è padre, madre e tutta la famiglia. Corriamo insieme, lui e io, verso un'identica meta e il reiterare scrupoloso e monotono dello stesso gesto sul legno potrebbe offrirci una nuova prospettiva. Come quando un carretto riparato riprende a rotolare sulle ruote.

"Non c'è nulla che con la pazienza non si possa imparare," sostiene Michele, dimenticando che i rimpianti non si lasciano imbavagliare da uno strofinaccio, né con un'iniezione di disciplina serrata e rigorosa.

Ha il ventre nero di polvere che si è posata sul fondo come una patina d'alghe. Struscio le setole di tasso sulle fasce di legno consunto, le svuoto di spettri, trascino bava umida nell'angolo. Raschio l'unto con la gomma pane Winsor&Newton arrivata stamane dallo Zecchi, la bottega dei pittori di Firenze. Elimino il sozzume millimetro dopo millimetro, prendo tra il pollice e l'indice intorpiditi i granelli di nobile polvere che ha assorbito anni e ingiustizie e migliaia di note. Il segreto sta nel ritmo, che deve incantare il polso come i versi di una ninna nanna.

Ninna nanna, ninna oh!
Su piccino dormi un po'.
Nella culla in cima ai rami
Dormirai fino a domani.
Un gran vento poi soffiò
culla e bimbo giù buttò.
Ninna nanna, ninna oh,
ma la mamma lo salvò.

Quando la petulante comare rintocca il quarto d'ora, una zona grande come un fazzoletto è di un bel colore biondo miele. Quanto impiegherò a ripulirlo per intero e a riprendermi la sua castità?

La mia l'avevo immolata ad Alessandro, ai miei erano bastati cinquantotto sessantesimi, il violino parlante aveva avuto l'effetto sperato. Per la commissione ero una ragazza matura. In piedi, davanti allo specchio del bagno, l'unico dell'appartamento che mi rifletteva a figura intera, ero un disastro: bassina e tutta occhi, due noci al posto del seno, l'ombelico asimmetrico e un caschetto di capelli scuri.

Ero vergine, una macchia di incompetenza con le gambe corte, immersa in un amore esclusivo e morboso, stolto e irreale come tutti gli amori veri.

Il mercoledì si faceva gruppo nel box dei suoi genitori dove il mio bel capitano suonava la chitarra con i *Dandies:* Enrico impugnava il basso, Franco picchiava come un forsennato sulla batteria e noi ragazze stavamo incantate, sedute su cuscini di seta indiana appoggiati al muro. In attesa. Ero scivolata nella trappola di un sentimento assoluto, la libertà era pura astrazione e le giornate trascorrevano in uno stato di costante eccitazione sessuale.

Avevo fatto un prigioniero e ogni canzone era per me.

Paul, John, Ringo e George sarebbero inorriditi ascoltando l'inglese dei *Dandies*, ma noi eravamo felici.

Dopo quei concerti esclusivi, Alessandro posteggiava l'auto sotto il mio portone e mi insegnava a fumare. Avvinghiati nella due cavalli nero e amaranto, ci baciavamo per ore sul sedile, mi infilava le mani sotto la gonna, io mi strofinavo su di lui come una gatta, ma *quello* – argomento di cui avevo sbirciato modalità, tecniche e aspettative negli inserti chiusi delle riviste – non l'avevamo ancora fatto.

"Dài, non smettiamo."
"No, adesso basta." Anche se lo volevo quanto lui.
Fino a quella sera di agosto del 1974.
Parigi era un forno, io frequentavo come auditrice lezioni di Storia dell'arte alla Sorbona, mangiavo *fromage* nella baguette e passavo il resto del tempo a gonfiarmi i piedi in giro per musei. Ero riuscita a convincere mia madre dell'importanza di un corso estivo all'estero. Il bilocale ammobiliato di Rue de Tolbiac fu il mio inizio, l'alba di una vita, l'indipendenza. E il sesso, finalmente. Non vedevo Alessandro da due settimane. Sarebbe arrivato quella mattina, dopo la notte passata a dormire con degli sconosciuti in una cuccetta di seconda classe.

Yesterday
All my troubles seem so far away

Sfrego il legno con la gomma, ripulisco la carcassa del moribondo, muovo la spatola avanti e indietro per saggiare l'aderenza dei ponticelli, quasi che l'incessante e ripetitivo movimento del braccio abbia il potere di riportarmi alla ragazza che ero dieci, venti, cento anni fa.
Paul McCartney canta illusioni nelle cuffie dell'iPod e l'afa parigina mi cava il fiato.
Non avevo mai dormito con lui. Per sentire nelle narici l'odore della sua pelle mi bastava chiudere gli occhi e lo vedevo, il corpo di Alessandro. Forte e compatto, odorava di sandalo e spezie, il mio era calcare bianco, un albero acerbo che stava in attesa. Di

essere violato. Morivo dalla voglia di accompagnare alla porta quella pietosa condizione di principiante, fare l'amore mi avrebbe trasformata dal bozzolo informe che ero in una specie di sirena.

Scissa, ecco cos'ero, una diciottenne spaccata a metà.

Da una parte lo spirito, dall'altra il corpo. E in mezzo, il buco dell'ignoranza.

Quella sera sarebbe successo. Avrei posseduto la mia isola e lui si sarebbe preso me. Un'isola intatta dove non si sarebbe consumato l'assedio di villeggianti sbracati in calzoncini e sandali con calzini bianchi. Maui, Antigua, Key West erano i suoi miraggi. Leggeva Hemingway e me ne parlava, senza accorgersi – ma eravamo giovani, giovani e avidi – di quanto fosse paradossale: si affannava sull'economia delle aziende bancarie e ragionava da bohémien, cercava isole dove camminare scalzo schivando l'obolo dell'azienda paterna che lo aspettava dopo la laurea, mentre io avevo già attraversato tre crisi mistico-religiose ed ero una seguace dell'amore *cheduratuttalavita*. Già incompatibili e affamati d'amore.

Mi ero alzata all'alba con il baccano della saracinesca del bar e i *bonjours* del cameriere che prendeva servizio. Avevo tirato a lucido la casa, cantato l'intero repertorio di Cat Stevens, messo lenzuola fragranti nel letto a una piazza e mezza, testato il materasso che cigolava come quelli degli alberghi a ore del Commissario Maigret. Il comodino straripava di opuscoli di conferenze a ingresso gratuito che frequentavo per migliorare la pronuncia, una poltrona di broccato scarlatto era il mio attaccapanni. Il contesto è importante, quando non lo hai ancora fatto. E anche la luce, che deve essere rarefatta, indiretta, avvolgere le ombre e mascherare i difetti.

Alle sette ero già sul métro, direzione Gare de Lyon.

Sul binario il mio stomaco è una matassa di ansia e di eccitazione. Si può *sentire* la paura fisicamente? Certo che si può. Mi cedono le ginocchia e il bacino, sento caldo all'altezza dell'inguine. Formicolo, come se dentro di me fosse appena passata una scossa elettrica e il corpo se ne andasse per conto suo, mentre il cervello non lo controlla più. Penso alle sue spalle nude tutto il giorno. Spesso la notte, quando non riesco a addormentarmi. Nel film di me stessa sono un essere danzante, al colmo del terrore di sbagliare. Un errore involontario e paf!, la solennità oggettiva di un momento fondamentale si riduce a una farsa.

Saremo un'isola miracolo, amore mio
Il mio corpo intatto sarà il tuo cantiere

Sono in anticipo e non ho nemmeno una canzone a farmi compagnia. Mormoro il suo nome, lo ripeto due, tre, mille volte per farmi coraggio e non mi curo della gente che passa. Adoro il suo petto nudo coperto di peli chiari intorno ai capezzoli e le caviglie, quando cammina senza calze, l'estate, e il tepore del suo braccio quando gli infilo le mani sotto il maglione, l'inverno: Alessandro avrà dormito nella cuccetta senza togliersi i calzoni. Al pensiero che fra poco potrò di nuovo toccare la sottile cicatrice all'inguine, graffito di un cancello scavalcato con imprudenza, mi prende una fitta in quella remota parte di me dove immagino che i pensieri si congiungano alle emozioni, dove il corpo non è un'invenzione ma carne e pelle e profumo e lividi innocenti, e il battito del cuore si fa sordo e accelera, senza manovratore.

Quando questo accade, mi ripeto, significa che tu ami.

È quando non si ama che si è sicuri di sé.

Cammino sul binario come un passeggero in transito, testimone di qualcosa che non dipende da me, ma dal cielo che ha deciso la natura delle nostre anime, dalle quali dipende quella creatura che chiamo amore.

La matassa è un groviglio, adesso, e l'unica cosa che chiederei all'uomo con la baguette infilata sotto l'ascella che mi passa davanti a passo di marcia è: "Lei mi trova *abbastanza* carina?" Mi sono vestita come una che sa aspettare, un paio di blue-jeans a zampa d'elefante e una camicetta bianca annodata intorno alla vita. È il mio turno. Di solito, quello che aspetta è lui. Ho la sua fotografia nel borsellino: inganno il tempo con il suo dagherrotipo e prego che mi desideri come due settimane fa. Infilerà le sue dita sotto la maglietta e mi slaccerà il reggiseno. Rotolerà su di me, entrerà dentro di me. Cosa si prova quando un ragazzo ti penetra? Farà male?

118

Non lo so, merda, merda, merda. E poi l'hanno fatto tutti. Antenati, bisnonni, nonni, mamma e papà. Adesso lo farò io, no? Non dovrebbe essere troppo doloroso, i movimenti dell'amplesso stanno lì a dimostrare che ci hanno creati per unioni morfologicamente perfette. È tutto il resto che non lo è. Blaterano parole vuote gli anti-romantici che non credono nell'amore. L'amore è lui e io sono qui ad aspettarlo.

Metterò un disco nel mangiadischi, balleremo un lento, prima.

Only love can break your heart
canta, preveggente, Neil Young.

Nessuno conosce i miei pensieri. Nessuno sa che mentre cammino avanti e indietro contando i passi, mi sento già nelle sue mani. Appartenere a qualcuno è una responsabilità. E Alessandro non ne vuole, di responsabilità, questo me lo aveva detto, ma credevo si riferisse al futuro programmato per lui. Il momento è solenne, non si accorgerà che lo desidero per allontanare la paura. È diverso, per loro. In fondo devono solo dimostrare che sanno esattamente come fare. Quello che voglio, adesso, come fosse il mio ultimo pensiero prima del plotone, è che lui senta lo stesso intrico di rami dentro lo stomaco, che affondi nell'isola e avverta un senso di pace come mai prima.

Non preoccuparti, amore, ti ascolterò piena di stupore qualsiasi cosa dirai, mentre sotto di te cederò alle tue insistenze. Baciami, ora, senza mai spezzare il tuo bacio. Bacia i miei occhi, le mie orecchie, le mie labbra intatte, mescola la tua lingua con la mia.

E non lasciarmi andare via.

Tieni, è il mio corpo. Piccolo e magro e senza difese, è tutto ciò che possiedo. Non sentiremo il caldo, il freddo, l'umidità. Per un istante che non si ripeterà mai più allo stesso modo.

Ci spoglieremo in fretta come fanno gli amanti, mi accarezzerà con le dita umide di saliva iniziando dall'ombelico e poi scenderà adagio, adagio come gli ho insegnato, prenderò il suo sesso caldo dal gusto aspro e salato come il mare delle sue isole. Dopo che l'avremo fatto si distenderà su un fianco, la mano poggiata sulla guancia, il gomito puntellato sul lenzuolo stropicciato e mi guarderà colmo di sollievo. Passerà il suo braccio intorno alle mie spalle, mi terrà stretta, sfregherò la guancia contro l'incavo della sua spalla, sentirò il suo respiro. Fumeremo. Parleremo. Parleremo perché non è vero che in certi momenti non c'è bisogno delle parole. Gli chiederò come stai? e come ti senti e come mi hai trovata. Parleremo e allontaneremo l'ombra della perdita. Papà è ancora vivo e lontano.

E un uomo stasera entrerà dentro sua figlia solo per amore.

Eccolo, scende dal treno con lo zaino, la Yamaha fg 140 nella custodia di tela e un paio di nuove lenti a contatto. Il sole gli ha stinto le punte dei capelli. La chitarra ciondola sulle spalle.

Cento, novanta, trenta, venti metri.

Mi avrà vista?

Lady of the Island

L'infermiera, con la sua stupida crestina bianca e il grembiule inamidato, è scesa nella piccola stanza al pianterreno dove dorme quando può. Ha lasciato in vista la bacinella metallica a forma di fagiolo, "nel caso la signora dovesse evacuare". Scappare dove, scusi? Ormai è tardi e lei lo sa benissimo, non finga di non sapere. È davvero un tipo ostico, ma ha diritto alla sua ora d'aria, a uno svago qualsiasi, a distrarsi da questa organizzata monotonia. Si è alleata con la Nina, che si trattiene oltre il suo orario. La casa risplende di pulito come piace a te, mamma, eppure l'atteggiamento della tua anziana cameriera non ti piacerebbe affatto. Ridacchiano in cucina, bevono vino e sciolgono savoiardi nelle bocche sdentate. Parlano di uomini, forse. Tra donne è un argomento molto diffuso, anche se francamente non riesco a immaginare il giorno in cui confidasti alle amiche che papà aveva chiesto la tua mano. Non accettasti subito, me l'ha raccontato lui, avevo otto anni, mi ero beccata la varicella ed ero già molto interessata a questo genere di cose e al sesso che pensavo fosse un susseguirsi estenuante di baci, come quello che vi scambiaste sul sedile della motocicletta. Aveva una Guzzi rossa e ancora adesso non capisco la tua esitazione: era bellissimo, papà, alto e con i capelli ondulati, non aveva un soldo, ma io l'avrei sposato senza pensarci due volte. Era il tuo specchio privato e tu avevi un assillante bisogno di approvazione. Prima di essere indossato, ogni abito passava al suo vaglio. Che dici? Mi sta bene questo? O sarebbe meglio quest'altro? Ti preoccupavi che le sopracciglia fossero due mezzelune perfettamente arcuate. Avevi cinque o sei pinzette diverse nell'armadietto del bagno. Mi mollasti una sberla che finì diritta nell'orecchio infliggendomi un dolore terribile, e solo perché mi ero depilata con il rasoio l'angolo del sopracciglio.

Era per assomigliarti, mamma.

Papà era un tipo di poche parole. Tra me e Michele accade esattamente il contrario: lui usa il linguaggio come un'arma sul lavoro, racconta storie pietose di clienti nei guai e di brillanti soluzioni che trova per toglierceli. I suoi dettagliati resoconti di verità togate mi affascinano come la letteratura russa. La differenza è che sono tutte storie vere. Raramente accade che mi confidi qualcosa che lo riguarda nell'intimo. Michele racconta, ma non dice. Hai mai provato a chiedergli "come stai" quando è immusonito? Risponde "scusami, sono sotto pressione", al massimo ci aggiunge un "potrebbe andare meglio".

Eppure non potrei sopravvivere senza la sua bontà.

Occuparsi di te ventiquattro ore su ventiquattro non è un lavoro come un altro, impietosisci con un'occhiata e pretendi che l'infermiera intuisca i tuoi desideri, neanche fosse un'indovina. Non ti capisco io che ti conosco da quando sono nata, come puoi chiedere comprensione a una sconosciuta che ti assiste a pagamento da ventidue giorni? Sei sempre stata capace di farti obbedire, mamma. E mi dava sicurezza sapere che per salvarsi dal tuo giudizio bastava fingere. Il tuo impormi regole ha fatto in modo che io non sia in grado di darne a Fanny. Che non perde occasione per rinfacciarmi l'anarchia e il disordine in cui la lascio vivere, prospettandomi *disastrose conseguenze sulla sua formazione psicologica*. Dove è finita la mia incoscienza, mamma?

Ho paura di tutto, adesso.

"Non dovevi mandarmi alla scuola privata. Se sono viziata è a causa tua."

"Allora ti iscriviamo a quella pubblica, così risparmiamo."

"Ormai è tardi. Non posso cambiare amici alla mia età."

Quella volta il duello con Fanny durò sei interminabili giorni, con pause di silenzi tortuosi e colpevolisti tra un'accusa e l'altra. Lagnarsi dei genitori è normale. Capirli, molto meno. Oggi hanno la mania dell'adolescenza che va protetta dai traumi, e con questa scusa lei riesce a fare quello che vuole. Quegli stronzi dei suoi professori si ostinano a ripetere come pappagalli che la fontina e la siderurgia sono le attività principali della Valle D'Aosta (e il turismo, professoressa?), si improvvisano psicologi, incapaci di scegliere tra una vigorosa insufficienza o una conferenza sulle intolleranze alimentari. Gli adolescenti di oggi criticano in viva voce e non si tengono rancori dentro, mamma. Questo offre ampi margini di infrazione alla relazione madre-figlia e mi esenta dal dover spiare Fanny.

Quando io, da madre ansiosa, temo il peggio.

La notte mi soffermo sulla soglia della sua stanza, un magazzino dai colori pastello sovrappopolato di poster e borsette, post-it appiccicati sui muri, righe di diversi colori sullo stipite della porta a contrassegnare una faticosa crescita in centimetri, Kurt D. Cobain (*e giuro che non ho una pistola, no, non ho una pistola*) graffito a pennarello sull'anta dell'armadio. Surrogati, messaggi criptati tra lei e me, tra lei e il mondo. Io scrivevo diari, della mia adolescenza ho soltanto memoria fisica e nutro un rispetto sacro per la sua. Terrorizzata di sbagliare, la osservo a distanza di sicurezza nel terrore di vederla sdraiata a fissare il vuoto. Preferisco le telefonate di ore o le chat con i compagni di scuola.

Le scrivo degli sms.

Mi vuoi bene?
Sì, mamma. Tanto, tanto, tanto, tanto, tanto, tanto, tanto, tanto. Ti basta?

La guardo mentre dorme infilata dentro i pigiami di suo padre e non decifro i suoi sogni.

Tu lo facevi, con me, mamma? Non ho immagini di questo genere in memoria, ma come ti ho già detto ho dimenticato il necessario. Vorrei rincuorarla, sai, ma non so dare certezze per esubero di onestà. Non c'è niente di più intollerabile, per una figlia, che l'incertezza di una madre. Forse dovrei scriverle delle e-mail. Perché le cose importanti o le dici per tempo o scappano di mente. Fino a quando la persona con cui vuoi parlare non può più risponderti.

Mi impegnerò, quando torna dal college. Devo risparmiarle l'esperienza.

Mi guardi perplessa e penso che anche tu avresti avuto bisogno di un'isola, per startene un poco in pace. Sai, quei luoghi senza storia, come il fodero di placenta e vasi sanguigni che ci ha ospitate, un involucro dal quale si esce e nel quale, da figli, non si rientra più. Se mi passi la metafora, io, diversamente da te, mi sento, piuttosto, una penisola e mi aggrappo a qualsiasi terra, a qualsiasi porto, a qualsiasi anfratto. A qualsiasi suono.

Pur di non soccombere.

Ti osservo da vicino e immagino il tuo ventre: un vagone ferroviario con due passeggeri a bordo. Forse ne hai dimenticata una sul sedile. Questa violenza colerebbe come miele nelle orecchie del mio analista.

Da questo bizzarro paragone trarrebbe "materiale importante", altro che i miei squarci e i sogni pieni di metafore e le visioni comprensibili solo a lui.

"*Cos'è la mamma per lei, Nora?*"

"*Un treno, dottore. La mia mamma è un treno con un vagone.*"

Non batterebbe ciglio, abituato a mamme-grotte, mamme-boia, mamme-fate, commenterebbe che non c'è nulla di eccezionale e che se la mamma è un vagone, occorre semplicemente capire *chi* impersona la locomotiva. Ciuf, ciuf. E i freni, dottore? Chi tira il freno o pigia sull'acceleratore alla bisogna? Il mio psicanalista tranquillizza, normalizza, accetta. Benedice ogni stortura del pensiero, legittima il delirio e l'incoerenza. È l'unica persona al mondo che non mi fa sentire una cretina, qualsiasi cosa racconti. Sprofondata nella poltroncina di fronte a lui mi sento in un limbo dove tutto è lecito, anche l'inconfessabile. Oh, non è sempre stato così, certo. Per i primi due anni sono rimasta zitta. Ero a corto di argomenti.

Mi abituai subito al rituale paziente che va-paziente che viene. Campanello, porta, stretta di mano. "Si accomodi di là, grazie," salottino, qualche minuto di attesa, il paziente ha terminato di rovesciare addosso al guaritore d'anime il suo fardello e se ne va. La porta si apre e inizia il tuo turno. Sessanta minuti, fino a quando il campanello segnala l'arrivo di quello successivo. Una folla senza volto a caccia di pace.

Forse soltanto di qualche risposta decente.

Entravo, mi sedevo, accendevo una sigaretta e gli facevo sempre la stessa domanda: "Come si fa a non stare male, dottore?" Lo trattavo come il commercialista che deve compilare la dichiarazione dei redditi o l'elettrauto quando gli porti la batteria che si è scaricata.

È da vigliacca prendersela con te adesso che non stai nemmeno a sentire.

Dormi?

Mi sto sbriciolando, mamma, come la fetta biscottata che sgranocchio dal bordo e poi verso l'interno dove è sottile e si incolla, dolce, sul palato. Mi frantumo, come i tuoi neuroni, le tue cellule malate, il tuo sistema nervoso si disintegrano ora dopo ora. Se potessimo guardarci dentro vedremmo muscoli rossi sfuocare, rosicchiati fino a divenire tersi e poi dissolversi, in un portentoso alambicco di magia. Lo so, i tuoi muscoli si induriscono, ma la rigidità è una forma di protezione che ha sempre funzionato, con te. Ti immobilizzavi davanti ai problemi come uno scoiattolo davanti al predatore, socchiudevi le labbra in un riso beffardo e mi convincevi che tutto sarebbe andato bene, ripetevi in una cantilena che non era quello il problema.

Anzi, che non c'erano problemi.

Stemperare, annacquare, sminuire è la tua strategia, mamma.

Con papà ha sempre funzionato. Lui ti credeva. E mi chiedo da giorni come abbia potuto – per eccesso d'amore, certo – coprire la tua nefandezza. Proteggeva i miei passi in modo esagerato. Temeva che avresti fatto lo stesso con me?

È che nelle questioni tra noi, verità e falsità hanno

sempre danzato la stessa coreografia, la sincerità non garantiva, così come la menzogna non era, ogni volta, un inganno volontario. Capitava.

"Così va il mondo, tesoro, la sventura si abbatte sulle famiglie quando meno te lo aspetti. E non lo meriti."

Questa mi è rimasta impressa. Tornavamo dal suo funerale sul furgoncino con i finestrini oscurati, e già riempivi mentalmente i bauli con i suoi completi da regalare ai poveri della parrocchia. Dovevo abituarmi: avevo vent'anni, ero un'orfana, mica semplicemente una figlia. Sulla tua carta d'identità avrebbero scritto: vedova. Ignorati dall'anagrafe, noi orfani non finiamo nelle tabelle dell'Istat, non siamo tipi numericamente interessanti. La burocrazia scheda studenti, avvocati, commercialisti, saltimbanchi, disoccupati, zitelle e coniugati.

Una folla di matrimoni, non di famiglie azzoppate.

Ti parlo e come in un riverbero ascolto la mia voce. Più che un sussurro pare un rantolo, ma questo aprirebbe un altro capitolo. Quello dell'invidia. Ho sempre tentato di emulare la tua morbida tonalità da contralto, il timbro da attrice.

Come sarebbe stata la sua, di voce?

    Lei: Ol'ga Knipper, attrice, nata a Glazov il 9 settembre 1868.

    Lui: Anton Pavlovič Čechov, medico, scrittore e drammaturgo, nato a Taganrog, porto del mare d'Azov, il 17 gennaio 1860.

Incontro: nel 1898, lei sta provando il ruolo di Arkadina nel *Gabbiano*, al Teatro d'Arte di Mosca.

Svolgimento: si sposano in segreto nel maggio del 1901, ma in pratica vivono separati. Lei recita, lui non può godere dei suoi trionfi per via della tisi che lo costringe a soggiornare a Yalta, in Crimea, lontano da Mosca, dove Ol'ga è prima attrice e frequenta altri uomini. In sei anni si scrivono quasi cinquecento tra telegrammi e lettere, che chiudono sempre con la frase "la mia mano nella tua, la tua mano nella mia": la loro relazione si nutre nell'assenza, nella lontananza, sentono struggente mancanza l'uno dell'altra soprattutto perché si vedono poco. Anton non c'è quando Ol'ga abortisce in un ospedale di Mosca.

Fine: dopo il successo della sua ultima commedia, *Il giardino dei ciliegi*, Anton muore il 2 luglio 1904 a Badenweiler, in Germania, tra le braccia di Ol'ga, che continuerà a scrivergli lunghe lettere anche dopo morto. Non si è mai risposata. Muore il 22 marzo 1959.

Fra noi c'è sempre stato qualcosa di indicibile, lo sospettavo, ma il tempo sta scadendo, adesso, e io non mi muoverò di qui fino a quando non mi avrai raccontato tutto di lei. Mia sorella?

Father and Son

"Ho bisogno di notizie sugli infanticidi."
"Tesoro, Fanny è già adolescente, non sarebbe infanticidio. Come sta tua madre?"
"Avrai qualcosa in studio, no?"
"Mi ci vuole tempo, comunque cerco."
"Portami quello che trovi sulle madri che hanno ucciso il loro bambino. Le leggi, i codici, la giurisprudenza. Ho prenotato da Pasqualino, comincio a stancarmi di uova sode e insalata: a che ora arrivi?"

Avrei potuto chiedergli pareri su qualsiasi argomento senza alterare la sua imperturbabilità. Michele è abituato alle devianze, alle menti contorte e a quelli che definisce gli "stravaganti campi di interesse" di sua moglie.

Forse l'ho sposato perché non chiede spiegazioni.

Inizialmente questo aspetto della sua personalità mi affascinava, ora ci convivo senza stupore. Io sono un'intemperante, pigra e piena di inutili tormenti. "Una vera palla" per Fanny, che grazie alla fede incrollabile in suo padre non si caccerà in relazioni sbagliate. Ridondante nelle arringhe, stringato nelle questioni famigliari, Michele è quello che si definisce un uomo che non conosce fragilità. Scopava, persino in modo efficace e diligente. L'ho visto piangere una sola volta, davanti all'ictus di suo padre, come se assistere a quella deflagrazione gli avesse messo tra le mani un inedito senso dell'ingiustizia. Trova risposte plausibili alle domande di Fanny. Per tutto il resto – cosa si muove nel suo animo, accidenti? – è una sfinge. L'ho invidiato soprattutto nei primi anni. Col tempo sono passata a tenerlo d'occhio così come lui – e sono abbastanza certa di questa impressione – faceva con me. Siamo due antropologi del matrimonio. Discreto e rispettoso, tiene il guinzaglio lungo. E io mi sento libera. Senza giudicare, Michele ascolta, intuisce le mie apprensioni e non le definisce. Vorrei vederlo reagire con veemenza, scuotermi, trattenere i miei rancori.

Non lo fa. Mi assiste e sembra comprendere tutto ciò che mi accade senza fare troppe domande al riguardo. Presenza nell'assenza, un dono eccezionale.

È convinto che a ogni problema corrisponda una soluzione. Di solito una soluzione ragionevole, quando non addirittura geniale.

"Per ora di cena sono lì. Perché ti interessi a un reato così fastidioso?"

"Fastidioso? È per una ricerca."

"Chi è il committente?"

"L'istinto."

In questo pugno di case che occuparono la mia infanzia, la trattoria di Pasqualino è un punto fermo. Inaugurata nel 1927, è rimasta uguale a se stessa anche dopo essere passata agli eredi, negli anni Settanta. Ha l'aspetto tranquillo di quelle pensioni della Riviera che ritrovi estate dopo estate con la facciata dipinta di fresco e la stella marina di plastica nello stesso posto dove l'avevi lasciata.

"Buona sera, avvocato, come andiamo? Nora, come sta la sua mamma?"

"Qua il caldo si sopporta, a Milano si scoppia."

"Cosa vi porto?"

"Fai tu, abbiamo fame e mia moglie ha bisogno di mangiare qualcosa di buono."

Siamo gli unici clienti. Ci accomodiamo al tavolo d'angolo, nel pudore morbido della penombra, perfetta per le confidenze di due innamorati.

"Allora?"

"Cosa prendi, tesoro?"

"Una birra, chiara e gelata. Hai trovato qualcosa?"

"Per me una caraffa di Pinscianel, una porzione abbondante di ravioli alla boscaiola e lumache trifolate. Nora?"

"Lo stesso, grazie. Anzi no, ravioli anche per me e i missoltini grigliati, non li mangio da una vita. Cosa mi hai portato?"

Sorride, mentre infila le mani nel suo borsone, il fare orgoglioso del bambino che ha fatto bene i compiti.

"Ecco qua. Un estratto dall'Archivio Giuridico del 1889 firmato da Scipio Sighele, la voce *Infanticidio* dal *Digesto delle discipline penalistiche* e dall'*Enciclopedia del Diritto*, gli atti d'accusa in tre casi avvenuti a cavallo tra la fine del Diciannovesimo e gli inizi del Ventesimo secolo, alcune sentenze della Corte d'Appello di Milano e altro materiale della biblioteca dello studio. Merito un bacio di ringraziamento, anzi due."

"Cosa dicono?"

"Spiegano, tesoro. La differenza tra infanticidio e figlicidio, per esempio. Pane o grissini?"

"Cosa cambia? Sempre di omicidio si tratta, no?"

"Sono due reati distinti: il primo riguarda i neonati ed è punito con la reclusione dai 4 ai 12 anni, il secondo con l'ergastolo, articoli 577 e 578 del Codice Penale."

"Il tuo breviario."

"Un tempo era un reato tollerato."

"Tollerato? La cronaca parla di madri che uccidono i loro figli un giorno sì e l'altro pure. Non mi sembra una rarità."

"In epoca romana e greca un neonato malformato veniva eliminato, fino a pochi anni fa in Cina nelle famiglie molto povere facevano fuori – e non mi chiedere come perché non lo so – le figlie femmine, con l'Illuminismo e con la nascita della scienza giuridica l'infanticidio appare meno grave dell'omicidio comune, nell'Inghilterra vittoriana veniva praticato come strumento di controllo demografico. Dalle caratteristiche dell'oggetto si è passati a valutare quelle dell'agente del delitto."

"Nel senso che la madre è più importante del bambino?"

"Questa è dottrina, Nora, e prescinde dalle mie o dalle tue convinzioni morali. Non mi è mai capitato un caso di infanticidio, non so come reagirei. Assaggia le lumache, intanto."

"Non cambiare discorso."

"Ehi, siamo nervose? È tua madre o il tuo nuovo giocattolo che non ho ancora avuto il piacere di vedere? A che punto sei con il restauro? Mi vuoi spiegare perché ti è presa 'sta mania? Non ti sei mai interessata ai casi di nera."

"Sto leggendo un romanzo."

"Come ti senti, davvero?"

"Me la cavo. Il fortepiano mi aiuta a non pensare a lei e nemmeno a me."

"Devi anche riposare un po'."

"Senti da che pulpito! Passi giorni interi in tribunale. Cosa hai trovato, d'altro?"

"Una sentenza di fine Ottocento, che dimostra come due secoli fa l'infanticida fosse spesso una madre che agiva per 'salvare il proprio onore' oppure per 'evitare altre sevizie'. Leggi qua, 1882: 'L'uccisione di un infante illegittimo non può davvero considerarsi una perdita grave per la società perché produce un danno minimo.'"

"In poche parole, la giustificavano."

"Non proprio, anche se nel 1981 la causa d'onore è stata abolita e l'articolo è stato riscritto: è la madre la principale agente d'infanticidio, anche se nel giudizio incidono eventuali 'condizioni di abbandono materiale e morale'. Oggi si presume che una madre sia meno discriminata, anche se non è sposata, se lavora, ha studiato, se non ha problemi economici."

"Abbiamo meno scuse, insomma."

"Abbiamo, chi? Nora, io continuo a condizione che tu mangi qualcosa. Vuoi ammalarti anche tu? È innegabile che le condizioni in cui voi donne oggi vivete la maternità siano migliorate rispetto a cinquanta, cento anni fa. Una madre può uccidere il proprio figlio anche se ha un marito e una bella casa."

"E la liquidano come pazza."

"Di solito viene loro attribuita l'infermità mentale, sono giudicate socialmente pericolose e ricoverate in strutture dedicate. In caso di capacità d'intendere e di volere finiscono in carcere. In termini tecnici, l'infanticidio può anche essere definito *omicidio altruistico*. Questo Pinscianel è sublime, non capisco come tu possa accontentarti della birra. Possiamo cambiare argomento?"

"E poi dici che non mi interesso al tuo lavoro..."

"Faccio il penalista, non lo psichiatra, Nora. Molti colleghi usano la depressione post partum come passe-partout nella difesa di queste Medee che possono uccidere per punire il marito, o proteggere i figli dal futuro, in altri casi per vendicarsi della loro, di madre. Uccidono per salvare i figli dalla sofferenza, salvo poi strangolarli perché infastidite dal loro pianto."

"Fanny strillava come un'aquila: mi sembra debole come movente."

"Se una madre è molto fragile perde facilmente il controllo. La diagnosi è difficile. Un reato così si rimuove in fretta: per questo è fondamentale, in caso di forte sospetto, un interrogatorio serrato nelle prime ore successive al delitto."

"L'istinto materno è un'invenzione. Io non so cosa sia, anche se non riesco a immaginare la nostra vita senza Fanny. Com'ero io, quando è nata?"

"Felice. Mi sembravi felice."

È che i ricordi a un certo punto finiscono. E non sai da dove sono cominciati.

"Per ricordarmi di lei, devo tirare fuori le fotografie che le scattavi allo scadere di ogni mese. Mi sembra sempre stata come è adesso. Credi che senta la nostra mancanza?"

"Passavi ore ferma davanti alla culla a contemplarla, soprattutto nei primi giorni. Non t'importava d'altro."

"Ogni tanto mi chiedo se con un maschio sarebbe stato diverso, tu pensavi solo a lei."

"Non è vero, non sapevo nemmeno tenerla in braccio, la preferisco adesso. Parla, discute e mi adora, come nessun'altra donna al mondo. Vuoi mettere il senso di onnipotenza? Mi trova bellissimo."

"Tutti i padri, visti dalla prospettiva di una bambina, sono alti, robusti, bellissimi. Stai perdendo il primato, in ogni caso: quando chiama dal college parla solo di Guglielmo. Le donne che uccidono il proprio figlio sono totalmente incapaci di intendere e di volere o solo donne malate?"

"La malattia mentale è la causa più spesso invocata dal difensore, lo farei anch'io. Ma bisogna distinguere. Un conto è capire se l'infanticida sia affetta da una patologia o almeno da alterazione mentale mentre commette il reato. Altra cosa è riconoscere che all'origine del crimine vi sia una generale condizione di forte malessere psichico. La legge mette in stretta relazione le sofferenze psicologiche e il contesto famigliare e sociale in cui non trovano adeguata risposta né ascolto. La 'mancanza o insufficienza di sostegni', 'la solitudine e l'incomunicabilità all'interno della famiglia', sono fra le ragioni per le quali il codice attenua la punizione, e poi chi è Guglielmo? Nora, adesso sono stufo, però. Non capisco perché insisti."

"Non posso, non mi crederesti."

"Non voglio vederti così. Sei sicura di farcela a stare dietro a tua madre?"

"Se non lo facessi, mi accanirei contro me stessa per il resto dei miei giorni. Perciò resto qui. E voglio stare sola. Ti prometto che ti spiegherò tutto, ma ho bisogno di tempo. Grazie per le fotocopie. Adesso andiamo, la birra mi ha fatto venire sonno. Ti fermi?"

"Caffè. Due caffè e il conto, Pino, grazie. No, torno a Milano, domani ho udienza alle otto e devo ancora lavorarci. Vuoi stare sola, hai detto."

"Non offenderti. La mamma è stata un pretesto per staccare."

Michele non sapeva perché ero infelice. Lo accettava, come i miei occhi scuri e il seno piccolo.

Ero sua moglie e questo pareva bastargli.

Sorry seems to be the hardest word

Ti vantavi della tua capacità di sopportare. Non ti ho mai vista incazzata. Eri una lagna continua, questo sì. Avrei capito se tu avessi preso a pugni il muro. Imprecato contro le ingiustizie e la solitudine. Ne avevi il diritto. In realtà, ho sempre pensato che la tua fosse una strategia per ottenere un premio di consolazione. Con papà funzionava. Mi teneva a cavalluccio e cantava una canzoncina che faceva "Norina, Norina, Norina... tu eri bella e così piccolina". In cambio voleva solo bacetti dappertutto. A dire il vero la strofa era dedicata a una certa Marina, lui storpiava l'originale per farmi credere che quella canzone fosse stata scritta per me. Io l'avevo sentita alla radio e sapevo la verità. Non gliel'ho mai detto, perché ci sarebbe rimasto davvero male.

La vecchiaia ti ha reso gentile, sai? Il tuo viso è una spugna prosciugata dall'acqua, intimidito dalle ossa fragili degli zigomi. È un viso innocente.

Adesso ascoltami, però, e non intervenire. Poiché non sono capace di confidarti il mio sgomento di fronte al mistero che nascondi, reciterò per te questa vecchia storia che Michele ha trovato nella biblioteca del suo studio. Non riesco a parlartene in altro modo e il teatro, la finzione, aiutano. Sarebbe come ammettere l'esistenza dell'amore leggendo *Anna Karenina* o *Madame Bovary*. Oggi le intervisterebbero per un'inchiesta sull'adulterio e sulle sue potenzialità.

L'immagine di una figlia adulta che legge al capezzale della madre è letterariamente intensa, non trovi?

La pagina è tratta da un testo di fine Ottocento. Oh, non ha niente a che vedere con la tua storia personale, mamma. Devi solo immaginarti nella poltroncina di velluto di una sala teatrale. Le luci sono accese, il pubblico si accomoda in sala, tu indossi un abito di velluto alle caviglie, un bolero nero che lascia intravedere lo sbuffo della blouse di seta, calze velate grigio fumo e décolleté a tacco basso con la fibbia. Papà ha i capelli bianchi, tiene la sua mano nella tua. Le luci scemano, una voce esorta il gentile pubblico a spegnere i cellulari, a non scattare fotografie. Un ultimo colpo di tosse.

Un sipario color vinaccia si apre su una scena essenziale: una pedana quadrata coperta da un tappeto, un tavolo, le panche di legno e un basso pulpito. Un riflettore illumina di taglio un'attrice minuta, i capelli legati, una camicetta abbottonata sul davanti, una gonna di panno marrone, calzettoni di lana bucati sul tallone, gli zoccoli sfondati. È in piedi come Pinocchio tra due imponenti carabinieri del Regno dall'ampio cappello, la spada luccicante infilata nel fodero. Un attore in palandrana nera e stivali di cuoio ha l'espressione inflessibile.

La voce fuori campo recita con tono perentorio le parole della legge:

Pretura
di
Guardiagrele

N. 342 *del Registro generale dell'Ufficio del Procuratore del Re*
N. 26 *del Registro generale dell'Uffizio d'Istruzione.*
N. 19 *del Registro della Pretura*

[I connotati della donna vengono scanditi come un rosario, una monotona litania, con pause teatrali tra una riga e l'altra. L'imputata è descritta morfologicamente.]

Età: anni 34
Statura: bassa
Fronte: bassa
Occhi: castani
Naso: sfilato
Bocca: larga
Mento: tondo
Capelli: castani
Sopracciglia: come sopra
Ciglia: come sopra
Faccia: tonda

Corporatura: giusta
Segni particolari: nessuno

• ——— •

INTERROGATORIO
[L'attore in toga, più simile a un sacerdote che a un giudice, introduce il contesto.]

L'anno mille ottocento novanta il giorno due del mese di Ottobre alle ore 10 ant.
in Guardiagrele, nella Pretura Mandamentale
Avanti di noi Notar Beniamino Ranieri Pretore del Mandamento di Guardiagrele
È comparsa una donna accompagnata dai Reali Carabinieri
La quale interrogata sulle generalità, sul motivo del suo arresto e invitata a dichiarare se e quali prove abbia a proprio discarico, rispose a voce bassa.

[L'imputata si alza in piedi, immiserita nel costume di scena, i capelli raccolti in una crocchia delle dimensioni di una cipolla, il volto magro, segnato da due solchi ai lati del naso. Declina le sue generalità.]

Sono Sabia D. L. del fu Antonio e della vivente Angeladomenica T., di anni 34, maritata con Angelomaria D'A., ora in America, non ho figli, ne procreai tre, ma sono tutti morti, contadina nata in Guardiagrele e domiciliata in Pennapiedimonte, analfabeta, nullatenente, mai condannata e processata.

[Viene invitata a sedersi, autorizzata dal giudice a un'estrema difesa.

Le luci si abbassano. Il proiettore illumina i suoi tratti. La scena è tutta per lei, che offre al pubblico una grande prova d'attrice drammatica.]

Ne' principii dell'or caduto mese di Settembre, all'alba, di un giorno, che non sono al caso di precisare, mi partorii nella mia casa di abitazione e senza di essere assistita da alcuno. Sfinita e sopraffatta dal male che m'affligge (perché epilettica da più di otto anni), svenni senza aver avuto altro tempo che quello di porre la neonata nel mio letticciuolo e accanto al mio fianco. Se fosse nata oppur no viva, non lo so, perché, come ho detto, svenni e non mi fu concesso né di osservarla né di legarle il funicolo ombelicale, certo però che non emise alcun vagito. Ricordo solo che quando rinvenni e potei osservarla mi accertai e con dolore che era cadavere, e piansi amaramente, perché anche a rischio di essere odiata e uccisa da mio marito, l'avrei nutrita e cresciuta col mio proprio latte. La tenni così tutto quel giorno, e sola, e senza di avere a chi rivolgermi pensai finalmente di alzarmi, e dopo di averla avvolta, nel miglior modo possibile in un panno di lana, profittando dell'oscurità mi portai a depositarla in un buco del muro della Chiesa Parrocchiale, come luogo benedetto, e rinchiusi il buco stesso con delle pietre, onde impedire che animali qualsiasi potessero penetrarvi.

A domanda risponde:
Il modo come situai il neonato nel buco era cioè,

la testa dal lato interno del buco e i piedi dal lato esterno.

A prova del male cronico, di cui sono affetta, come sopra ho detto, assegno per testimoni Nicola D. N. fu Domenico, Carmela D. G., moglie di Domenico D. G., Maria Giovanna moglie di Domenico D. M., e Sabia D. S. di Gesualdo, nonché il di costei marito Flaviano, i quali possono attestare pure sulla mia condotta e se io ero capace di procurare la morte al neonato.

Letta e confermata si è asserta illetterata.

Il Pretore

Vorresti applaudire, lo so, ma non riesci a muovere le tue bellissime mani. Faremo una manicure, più tardi. Mi guardi perplessa, scuoti la testa, sento entrare e uscire da te un respiro affannoso, la gola gonfia come una bolla di sapone, fai segno di volere riposare.
Subito, mamma. Chiudo la finestra.
Me ne vado, sì, vado via.

The Poet Acts

La casa ha muri di pietra, quattro finestre sulla facciata, tende di pizzo ricamate con dame e cavalieri, il tetto in ardesia e gerani rosa fucsia sui davanzali. I ciottoli sbucano irregolari da ciuffi d'erba che si arruffano come la criniera di un pony, tra chiazze di ranuncoli e bocche di leone. Un Brontolo di terracotta dalla barba scorticata, il berretto rosso e le guance arrossate si affaccia tra i velluti della salvia. In paese la professoressa Lenzini è un'istituzione anche adesso che non la si vede più pedalare con la gonna a pieghe e il cesto della bicicletta carico di riviste, frutta fresca e saponette alla lavanda. Legioni di studenti somari hanno varcato questo portoncino, confortati dal pensiero dei Ginger Biscuits che dispensava ai più meritevoli in cambio di una citazione o di un aggettivo particolarmente ricercato.

Quello dei biscotti era il suo vizio. La letteratura inglese un amore corrisposto.

Per tutto il resto – abbigliamento, abitudini, pettinatura – la professoressa Lenzini mi è sempre parsa a suo agio tra gli insensati e i poeti che venerava con civetteria. Le devo la mia iniziazione alla banda del Circolo di Bloomsbury e alla scrittura di Virginia Woolf, che mi faceva leggere e commentare nelle esercitazioni di *conversation*. Era cordiale e tollerante e quando la mia pronuncia sdrucciolava come su una strada sterrata, pativa l'errore come un'imperdonabile offesa all'umanità letteraria. Strizzava gli occhi azzurro non-ti-scordar-di-me e scuoteva appena la testa.

"Repeat, please, Nora. Repeat."

Dovrebbe avere un'ottantina d'anni e scommetto che questa visita si rivelerà inutile, perché non solo non mi riconoscerà, ma sarà talmente rimbambita da non illuminarmi sull'unico fatto che mi interessa.

"Ricorda per caso della morte di una neonata, nel 1956?"

Non sarò mai capace di porgerle la domanda in modo distaccato, anche se la Lenzini è la mia unica risorsa vivente. La Nina mi ha raccontato che "non ci sta più con la testa", che ha una cameriera filippina per le pulizie, che il garzone del minimarket le consegna la spesa ogni mattina e torna da lei nella pausa del pranzo per leggerle "direttamente nel padiglione auricolare" le notizie di cronaca della "Provincia di Lecco".

Il suono del campanello stride, insistente, con la pace intorno. Una donna orientale dalle labbra imbrattate di viola schiude il portoncino. Ha l'espressione stupita, le visite in questa casa devono essere un avvenimento.

"Sono un'ex allieva, passavo di qui e ho pensato di venire a salutare la signorina Lenzini, è in casa?"

"Entri. Vado a chiedere."

L'ingresso è un quadrato angusto di mattonelle rosso sangue di bue, soffoca tra le librerie a vetri che sfiorano il soffitto e affaccia su un corridoio lungo e buio. James Joyce, Jane Austen, Emily Dickinson, le sorelle Brontë, D.H. Lawrence, Percy Shelley, John Keats, T.S. Eliot, e soprattutto Shakespeare sono presenze, qui, schiere uniformi in lingua originale e – c'è da scommettere – senza sottolineature che ne offendano l'integrità...

Lei: Mary Godwin, scrittrice, nata a Londra il 30 agosto 1797.

Lui: Percy Bysshe Shelley, poeta, nato nel Sussex il 4 agosto 1792, sposato con Harriet Westbrook e padre di una bambina, Ianthe.

Incontro: l'11 novembre 1812, a Londra, a casa del padre di Mary, William Godwin.

Svolgimento: si frequentano di nascosto, lui è sposato e Mary è giovanissima, ma una sera lui si materializza davanti a lei con del laudano e una pistola minacciando di togliersi la vita se lei non scapperà con lui. Si giurano amore eterno davanti alla tomba della madre di Mary, il 26 giugno 1814. Il 28 luglio fuggono a Parigi, poi in Svizzera. Il 30 novembre Harriet Westbrook partorisce il secondogenito Charles. Il 22 febbraio 1815 nasce Clara, figlia illegittima di Mary e Percy, la bambina morirà il 6 marzo dello stesso anno. Il 24 gennaio 1816 nasce

William, il 15 dicembre 1816 Harriet si toglie la vita, Mary e Percy sono liberi e si sposano il 30 dello stesso mese. Il 17 marzo 1817 viene negata la custodia di Ianthe e Charles sia agli Shelley che ai Westbrook. Il 2 settembre 1817 nasce Clara Everina, ma anche lei morirà, il 24 settembre 1818, pochi mesi dopo la pubblicazione di *Frankenstein o il Prometeo moderno*, il romanzo più famoso di Mary. Il 7 giugno 1819 muore il piccolo William, colpito dalla malaria. Mary ha perso due figli in meno di un anno, è in uno stato di depressione profonda. Il 12 novembre 1819 nasce Percy Florence e Mary sembra ritrovare un po' di serenità. Il 15 giugno 1820 la coppia si trasferisce a Livorno, poi a Pisa, sul Lungarno. Si leniscono le ferite e i lutti tra uscite a cavallo, gare di tiro, partite a biliardo. Nel 1822 vanno a vivere in una villa vicina al mare a San Terenzo, nel golfo di Lerici. Mary, di nuovo incinta, il 16 giugno rischia di morire per un aborto; Percy arresta l'emorragia immergendola in acqua ghiacciata. Il 1° luglio 1822 parte per Livorno per incontrarsi con Byron.

Fine: l'8 luglio 1822, durante il viaggio di ritorno, la barca *Don Juan* viene sorpresa da una tempesta e naufraga a poche miglia da Viareggio. I corpi di Percy Shelley, di John Williams e del mozzo Charles Vivian vengono ritrovati dieci giorni dopo. Shelley viene sepolto temporaneamente nella sabbia, ma il 15 agosto il corpo viene riesumato e cremato. Le sue ceneri verranno sparse il 21 gennaio 1823 nella parte alta del Cimitero Acattolico di Roma. Mary ritorna in Inghilterra. Muore il 1° febbraio del 1851, all'età di 53 anni, a Chester Square, Londra.

Occhi a mandorla mi scorta in un salottino dai colori sciupati. Ci lascia sole. Ingobbita, la Miss pare un diafano ramoscello pronto a staccarsi dal tronco alla prima scrollatina. Il viso, piccolo e stretto, inciso in una ragnatela di grinze sottilissime, sembra non essersi mai mosso dalla poltrona che la inghiotte come il mollusco dentro la conchiglia. Guadagna la luce spostando il busto di lato, poggia i gomiti sui braccioli e allunga il collo da tartaruga. Mi avrà riconosciuta?

"Sono Nora Cogliati..."

"Nora, Nora, certo. Quella della villa in cima alla collina. Sono anni che non ti vedo, vieni, avvicinati. Cosa fai, adesso?"

"Insegno. Come lei, professoressa."

Troppo complicato spiegarle della mia recente svolta professionale e del mio rigetto per un lavoro che a lei ha dato tutto.

"Siedi e raccontami di te, cara."

"Sono sposata, ho una figlia di quattordici anni. Adesso è in Inghilterra. Studia inglese."

"Bene, la passione si trasmette..."

"Non è proprio così, io all'età di Fanny – si chiama così – leggevo tantissimo. Loro sono diversi, preferiscono il cinema, la televisione, i computer, cose così."

Miracolosa Lenzini! La guardo e mi rivedo rotolare sulla discesa fino al cancelletto con i pattini a rotelle, una me stessa all'età di Fanny, innamorata dei volumi che costipavano questo studio proteggendo la Miss dai sobbalzi del cuore. Aveva un amante a Merate, sostiene la Nina.

Non resisto alla tentazione.

"Cosa ricorda di me, professoressa?"

"Intelligente, troppo vivace, ma curiosa."

"E da piccola? Come ero da piccola? Lei frequentava la mia mamma."

"Ah, la tua mamma! Una bellissima donna. Non l'ho più incontrata dal funerale del tuo povero papà, quando è stato, Nora? E come sta adesso? Come sta?"

"Mia madre è malata, Miss, sono qui a Montevecchia per lei. Era il 1976, papà è morto il 15 giugno del 1976. Ero una bambina allegra?"

La Nina sostiene che è sorda, a me sembra solo svagata.

"Certo che eri allegra, non stavi mai ferma."

"Come era la mamma da giovane? Veniva dai nonni, eravate amiche?"

La voce pigola, ma stupisce per lucidità. Devo approfittarne. Non si è mai sposata. E io immagino un giovane mai dimenticato, una rinuncia romantica ed eccezionale.

"A Montevecchia ci si conosceva tutti, di tua mamma ho in mente le domeniche a messa, la passeggiata fino alla pasticceria, il matrimonio con tuo padre, quello sì. Ero tra gli invitati. Una bella cerimonia, dovrei avere la fotografia."

Mi indica una scatola di stagno verde profilata d'oro. Fruga tra gli scampoli ed estrae un'immaginetta in bianco e nero: sei ragazze con il cappellino, la mamma al centro, il velo lungo e ricamato, la faccia di quella che ce l'ha fatta prima delle altre.

Ecco, forse è il momento per buttarla lì, la domanda. La badante ci interrompe, entra con un vassoio per la cerimonia del tè.

"Vedo che non ha cambiato abitudini, professoressa. Si fa ancora spedire per posta i biscotti da Fortnum&Mason? Ma io, ecco, forse la sto disturbando."

"No cara, è una gioia rivederti. Ormai non ho più nemmeno gli occhi per leggere, mi stanco subito e sono sempre sola. Conversare mi piace, ma la cameriera parla un italiano stentato e un pessimo inglese. Non abbiamo molti argomenti. Guardiamo insieme la televisione, ma i programmi moderni mi annoiano. Non ci sono più gli originali televisivi di una volta, *La cittadella*, *La fiera delle vanità*, *David Copperfield*, *I Fratelli Karamazov*."

Fanny li chiamerebbe fiction.

Guardo la foto e mi fa una certa impressione pensare che quel giorno non ero nemmeno un'idea.

"L'anno dopo sono arrivata io."

"L'ho persa di vista, dopo la tua nascita. Veniva qui con la famiglia per le vacanze, ci siamo ritrovate quando ti ho dato le prime lezioni: voleva che tu iniziassi da bambina, ci ha sempre tenuto alle lingue straniere. Era cambiata, dopo il matrimonio. In paese dicevano che si era montata la testa, ma nei paesi si sa, chiacchierano sempre troppo. Si dice, non è vero, che ogni casa racchiude un mistero? La letteratura ha molto da insegnare anche su questo, Nora, pensa a *Jane Eyre*."

"Mistero? Quale mistero?"

"Oh, tutte chiacchiere, e poi sono passati troppi

anni, Nora. La storia della finestra. Dicevano che teneva una finestra del primo piano sbarrata e le tende tirate, la cameriera aveva ordine di non aprirla per nessuna ragione al mondo. Non c'è niente di strano a tenere una finestra chiusa, ma sapessi quante fandonie su di me. Secondo loro il fatto che non mi sia sposata nasconde chissà cosa. Non mi è capitato l'uomo giusto, tutto qui."

Cammino verso casa, mi aggrappo all'idea della finestra. Non l'avevo mai notata, prima. La Nina ha la mania di spalancarle "per dare aria alle stanze!!"

The heart asks pleasure first

La porta è accostata.
Batto le nocche con tutta la leggerezza possibile.
Sorpresa! Sono di nuovo io.
Non rispondi. Entro di soppiatto, una ladra di parole.
La lampada sul comodino è velata da un fazzoletto ricamato con il tuo monogramma.
Tic, toc, tic, toc: l'orologio scandisce il tempo che corre.
Sbiaditi raggi di sole filtrano dalle imposte e disegnano lische sulla tua sagoma disidratata. Vorrei riuscire a piangere una buona volta, perché quello che accade all'interno del tuo corpo si può solo immaginare e mi sto stufando di spremere la mia immaginazione. Ti porto i saluti della signorina Lenzini, la professoressa che mi dava lezioni di inglese, verrà a trovarti, me lo ha promesso. Oggi ci aspetta una mattina allegra, grazie alla costosa macchina che installeranno fra poco. Temo che nel mio ciondolare tu possa leggere la noia. Non vo-

lermene, mamma, a snervarmi è questa morte centellinata, questa specie di morte in vita, una pellicola in bianco e nero alla terza, quarta visione, dove ogni sequenza è uguale a quella del giorno precedente.

Anche la fitta è stabile, un sasso della grandezza di una mano serrata a pugno.

Blocca ogni fremito e pialla le emozioni.

Mi avvicino, appoggio il dorso della mano sulla tua fronte. Scotti, mamma, ma ti assicuro che la febbre regala alle tue pupille una nuova luminosità. Sono del colore del piombo, anziché del solito nero pece.

Oggi non gira a me, mamma. Mi sento alla deriva, la carlinga di un aereo ammarato per avaria o improvviso malore del pilota. E dalla riva nemmeno un bagnino muscoloso a sorridermi dal seggiolone, pronto a tuffarsi per trarmi in salvo. Sai, mamma, parlare di continuo è un riempitivo. Tappo il buco del silenzio, una spada che brilla, sotto l'impietosa luce del giorno, fra me e te. Forse se tu facessi un piccolo sforzo e trasformassi il tuo dolore in energia ce la caveremmo meglio.

E se me ne andassi, adesso?

Se ti mollassi all'improvviso, senza dare spiegazioni come stai facendo tu, eh, mamma? Abbiamo assegnato a noi stesse un compito troppo difficile, ma con il respiratore funzionerà tutto meglio: Nardi sostiene che non solo ti aiuterà a respirare, ma anche a parlare. Non vedo l'ora che lo installino.

E che tu inizi una nuova vita.

Sonnecchi, mamma? Non ti offendere, ma lasciati dire che hai la faccia da bambina invecchiata, come se ci fossimo raggiunte in un cerchio, tu sei tornata piccina, il corpo miniaturizzato. Sei dipendente da me. Mi rifletto nel tuo ritratto di ragazza che sta sul cassettone e penso che aveva proprio ragione papà: lo incantavi come la strega bella delle fiabe. Non criticarmi, adesso, ma come quando da bambina giocavo alle signore, mi è rimasta l'abitudine di parlare da sola, mi faccio le domande e mi do le risposte e, soprattutto, "sento".

Ho un sensore qui, toccalo.

È da questo spazio invisibile all'altezza del diaframma che io ragiono e ascolto. Una cavità dove sono archiviate le radiografie degli amori che mi hanno sfregiata, di baci e abbracci di mittenti e destinatari dileguati senza preavviso, una biblioteca di parole che non ho pronunciato e di appunti che ho stracciato. Il sensore è preciso: avvisa con un frullare d'ali, un mulinello che muove le pale con moto variabile. Tutto ciò che accade dentro di me si addensa in questo punto. La mia anima, il flusso di aria tiepida che respira all'interno della cassa toracica, risiede qui.

È entrata la colonnella in divisa, raggiante: deve connetterti al ventilatore. Prima di utilizzarlo ti mette le mani addosso e fatico a trattenermi dall'insultarla. Con l'aspiratore chirurgico pulisce il tuo cavo orale, rimuove muco e saliva in eccesso.

"Stia attenta. La mamma potrebbe avere conati di vomito, è scritto nelle istruzioni."

Non mi dà retta, la tiranna biancoazzurra, fiera della sua superiorità tecnica su di me. Perdonami, mamma, non posso intervenire, sto imparando anch'io come funziona questo aggeggio. I tubi sono collegati, non c'è condensa all'interno del circuito.

L'infermiera posiziona la maschera nasale sul tuo viso, la fissa al capo tramite una cuffia fornita di comodi lacci in gomma e cuoio. È stata modellata su misura per te, mamma, come la maschera mortuaria di Fryderyk Chopin. La signora mi spiega che la mentoniera impedirà la fuoriuscita di aria dalla bocca. Stai tranquilla, non irriterà la tua pelle delicata, dovremo solo stare attente la notte, potrebbero esserci fughe d'aria dalla bocca, durante il sonno sarai monitorata con un saturimetro che "verificherà l'efficienza della ventilazione". Assisto alla tua imbragatura, ti leggerò il libretto, suddiviso per voci in ordine alfabetico.

Tutto è spiegato nel dettaglio.

È per i parenti. O chi ne fa le veci.

A: allarme. Ecco che cosa fare nel caso si accenda l'allarme del ventilatore:

controllare il colorito cutaneo (se la cute si presenta

rosea il paziente è ben ossigenato; al contrario, se molto pallida o cianotica ciò è indice di cattiva ossigenazione);

controllare che i tubi del ventilatore siano ben connessi, non piegati o rotti;

verificare che il paziente non abbia la bocca aperta;

verificare che non vi siano fughe d'aria dalla ma-

schera, quindi provvedere a una sua migliore sistemazione;

se il paziente tossisce o ha difficoltà respiratorie togliere subito la maschera e verificare che nel cavo orale non vi siano muco, saliva in eccesso o presenza di rigurgito, che dovranno essere immediatamente aspirati. L'uso prolungato della maschera può provocare lesioni da decubito alla radice del naso dolorose per il paziente. Tali lesioni sono di difficile guarigione, quindi è bene prevenirne l'insorgenza con l'applicazione preventiva di idrobende, da rimuoversi al mattino. Se la cute è arrossata o lesa è bene eseguire una medicazione con soluzione disinfettante e mercurocromo.

"Dottore, legga qua. Come faccio a mettermi d'accordo con la mamma sul metodo comunicativo?"

C, come comunicazione. *"La comunicazione fra paziente e assistente non è semplice quando ci sono problemi di disartria o se si utilizza una maschera facciale, che impedisce un eloquio chiaro e comprensibile. A questo proposito è bene accordarsi preventivamente con il paziente circa il metodo comunicativo da adottare. È consigliabile porgli domande che implichino una risposta affermativa o negativa."*

"Sono trentadue giorni che cerco di trovare un sistema per parlarle e lei mi ha garantito che la maschera avrebbe migliorato la situazione, dottor Nardi."

"La macchina respira per lei, la solleverà da una fatica che diventa di giorno in giorno meno sopportabile. Sistemiamo un campanello qui alla sua destra, così che possa chiamare in caso di bisogno."

Il medico si eccita col marchingegno e tu non collabori, non esprimi sollievo, né gioia, né entusiasmo.

Ti stanno imbavagliando, mamma, ribellati. Volevo chiarire con te la storia della finestra chiusa. Questi non sanno che la testa mi sta scoppiando. Solo tu mi ascolti. Certo Nardi non mi negherebbe un ansiolitico, un analgesico, o magari un potente antidepressivo. Deve avere la valigetta piena di campioni: una pastiglia per ogni malanno e oplà. Ma io non sono depressa, mamma. Posso forse dire al camice efficiente che questa è una faccenda dannatamente seria e che sei mia, tutta mia e loro degli usurpatori di intimità?

Mi guardi senza sillabare, ti lasci manipolare come una bambola gonfiabile e questo corrisponde alle spiegazioni del medico che non sa che qualunque cosa sostenga, per chi sta dall'altra parte questa malattia è un errore, un inedito da studiare passo dopo passo, senza partitura, navigando a vista.

Come sto facendo io.

Mi stai ascoltando o fai finta di niente?

La macchina viene accesa, fa un rumore spaventoso.

Non rispondi perché sei indebolita dalla mia invadenza o, nonostante questo incantesimo tecnologico, la tua lingua si inceppera di nuovo?

Anche i tuoi occhi tacciono, adesso, certo a causa di una questione che nemmeno tu avevi programmato.

Ora che hanno finito si levano di torno e tu muovi il viso verso di me con un'ombra di sollievo nello sguardo.

The Fountain of Salmacis

"Se non avessero inventato il fortepiano, saremmo fermi alla chirurgica freddezza del clavicembalo," mi ha spiegato Lorenzo quando l'ho chiamato ieri, guardando questo ronzino che mi ostino ad aggiustare come fosse un purosangue. Ha il corpo grosso e sgraziato, non si lascia stringere come un violoncello, né si placa docile al mento come un violino, non posso portarmelo a spasso come un liuto.

Mi guarda. E tace.

Tra il suo ingombro e la docilità desolata del suo respiro c'è un baratro e io ho un cruccio serio: non so suonare e ci patisco, turista incompetente innamorata di una terra ad accesso vietato. Non trovo una via d'uscita, anche solo una gradazione diversa da questa crescente disperazione. Potrei seguire un corso serale. Di tutti i doni di Dio, saper leggere la musica è il migliore: decifri le formule nere sul pentagramma e puoi imitare il vocalizzo degli uccelli, esprimere il disprezzo e l'affetto, declinare ogni inflessione di piacere e dolore, cantare la bellezza, l'ordine e il vuoto dell'assenza, ascoltare il timbro cristallino del cherubino e quello logoro del vecchio. La voce in falsetto di ogni sentimento possibile.

Una voce umana.

Il pianista ruota il torso, chino nell'angolo dello sgabello di raso, e con la delicata pressione delle dita, lo sfioramento dei tasti, i polpastrelli in picchiata come falchi sulla preda saprebbe far colare musica da questo anonimo sistema di leve che mi deride nel suo cocciuto mutismo. Il virtuoso corre dal piano al forte, dal forte al piano, improvvisa formule da alchimista, trasfigura la grezza terracotta in porcellana, filtra i segni e li elabora con logica, ma l'amore non ha logica, non è imbragabile in frasi circoscritte da una chiave di violino. L'amore è uno sterminio di passaggi sotterranei. E di possibilità. Basterebbe riconoscerlo quando picchia insistente sulle pareti indifese di un'anima e non accontentarsi di ascoltarla, ma arrivare a *essere* musica.

Come può cantare un martello che batte su una corda tesa? Cosa distingue un *accordo* in maggiore da uno in minore? Cosa è la *tonalità*?

Datemi un suono liquido come l'oceano di Debussy quando la marea si è allontanata, vi prego!

Immergetemi in un suono terroso, brahmsiano, voliamo nel soffio d'aria che invocò Johann Sebastian Bach prima di essere inghiottito nel suo buio. Avvolgetemi nelle lamelle di fuoco di Scriabin.

Questa stanza, come la sua, è diventata un'infermeria dove guarire. Dalla routine e da sonni a singhiozzo come telefilm. Da tutti i ricordi stonati. Devo uscirne, mi sembra di impazzire e non posso dirlo a nessuno.

Mia madre parla, la gola le ostruisce i sentimenti e io non intendo che una piccola percentuale dei suoi vocaboli. Potrebbe dire qualcosa di importante e io non *so* leggere la musica, mentre aggiusto il *primo* strumento dell'era romantica, l'oggetto di legno e metallo che ha modellato il genio di gente come Chopin, Haydn, Beethoven, allontanandoci per sempre dal pizzicare di metallo del clavicembalo.

Su, parla, amico mio. Inizia a suonare, almeno tu.

Anche i ponticelli coincidono, finalmente. Sono perfettamente incollati, le puntine sono salde, elimino i velcri tra le corde e i martelletti: ne ho rivestiti settantatré di questi punti interrogativi a testa in giù, li ho avvolti in una striscia sottile di pelle di mucca e devo tirarla quanto basta per dare respiro al suono, quel laser invisibile che dalle dita si leva al centro del petto, da lì sale al cervello e attraverso uno zigzagante percorso induce alla commozione.

Reinserisco la tastiera nell'alloggio, ora dovrei poterne ascoltare il timbro.

Pesto sul tasto. Ne esce un suono torbido, del tutto simile a una pozzanghera d'acqua piovana, provo ad alleggerire la pressione del medio e dell'indice, ma il suono che rimedio è decisamente lugubre, mentre io lo aspetto incorporeo, velato, senza spigoli. Allento la pelle del martelletto, la buco con gli spilli dalla capocchia gialla: Lorenzo sostiene che così facendo riuscirò a forgiarlo, il suono, a ottenere un'accordatura perfetta.

È che non si riesce mai a fare felice qualcun altro *esattamente* come l'altro desidera.

Mi sono sempre sentita in difetto con Alessandro perché non capivo i suoi spartiti. Mi lasciavo scuotere dal suo canto, preso a prestito dai grandi, quando inforcava la chitarra come un mitra e pizzicava le corde col plettro capriccioso.

Quella volta suonavano i Genesis. Distesa sopra di lui, tenevo la fronte appoggiata alla sua spalla, solida come la roccia che mi aveva custodita fino a lì. E ho iniziato.

"Sei aggressivo."

"Non lo sono."

"Diciamo che sei freddo. Perché mi hai guardata così, prima?"

"Così come?"

"Falsa, la tua dolcezza è finta. Sei cambiato."

"Mi hai dato del servo."

"Servire è indice di dedizione, non volevo offenderti."

"Lo hai fatto."

"Non sento niente. Chiudi gli occhi."

"Perché?"

"Se li chiudi immagino cosa ci sta dietro. C'è la vita che continua, lì dentro."

"Sei pazza, Nora. Ieri mi hai ignorato per tutta la sera, ho fatto la figura del cretino con gli altri e adesso sei così affettuosa."

"Mi ami, tu?"

"Che domanda è?"

"È l'unica che mi viene."

"Perché sarei qui, altrimenti?"
"Non sei qui per quello che dici."
"Sono qui, ma anche altrove."
"Sei dentro di me, Alessandro."
"Non è una novità, mi pare."
"La solita storia: il corpo è qui, il resto dov'è?"
"Il resto?"

Il resto che conta. Giovane economista del cazzo, dimmelo tu dov'è il tuo altrove.

Spingevo su di lui, ormai sapevo calibrare i movimenti in sincrono con i suoi, ma il nodo in gola montava come un ascesso. Sapevo esattamente come sarebbe andata: il rimmel squagliato, la faccia rigata e il petto una caverna di lacrime involontarie, come un orgasmo che non programmi e ti si rovescia addosso, paralizzandoti. Non ero all'altezza della situazione. Non sono mai all'altezza di qualcosa. Non sapevo come sarebbe stato risvegliarsi il giorno dopo, nel punto esatto in cui inizia lo strapiombo. Non sapevo quando si inizia a sentire la morte.
Era un giorno di agosto del 1976.
"Prendi tutto troppo sul serio, tu."
"Pensavo fosse un pregio. Vuoi ferirmi."
"Vorrei uscire."
"Da me, dal letto o dal condominio?"
"Non ti fidi più."
"Mi fidavo, all'inizio."

"E ora?"

"Ho paura."

"Di cosa?"

"Delle cose che non capisco. Di avere sbagliato metodo. Senza di te non respiro."

"Esagerata. Metto musica?"

"Stiamo scopando, Alessandro, e non sai dirmi se mi ami o no."

È dentro di me, in quella frazione di secondo prima che tutto cambi. Fa caldo e lo sconosciuto del quale sono innamorata è sudato e non si ferma.

"La musica fa male."

"Non pensare, adesso, smettila."

"Mi sento una morta."

"Non ti piace?"

"Non mi piace farlo senza baci."

"Allora ti bacio."

"Non essere gentile. Mi dà fastidio."

"E tu non ficcarmi le unghie nel collo."

"La passione non è mai educata, scusa non me ne sono accorta."

Quando abbiamo finito, è uscito sotto la luce impietosa del giorno con un graffio rosso sul collo. Mi sono rannicchiata nella metà del letto che era ancora fresca. Si è alzato, si è coperto le spalle con il lenzuolo, mentre la mia mano come il cancellino sulla lavagna trascinava via dall'aria le lettere del suo nome. Trattenevo il respiro per sperimentare la sensazione di fine.

Non era una brutta sensazione.

Si è vestito, senza nemmeno andare in bagno. Gli

slip, la canottiera, la Lacoste blu, i blue-jeans, i mocassini neri. Sembrava andare di fretta. Avevo chiesto troppo facendo quella che non chiede, ma lo sanno tutti che le grida più rumorose sono quelle mute. Stanno da qualche parte dentro le persone e le senti anche se alzi il volume al massimo.

"Non volevo, perdonami, è come se non avessi deciso io."

"E chi ha deciso, scusa?"

"È la vita che decide da sola, Nora. Ci siamo trovati dentro un casino senza accorgercene."

Se n'è andato. È svanito dietro la porta e io ci ho visto una figura nera. L'unità di misura dell'amore è la perdita. Chi l'ha confuso con la felicità è un imbecille.

Ho scritto il suo nome sul foglio a quadretti. Una farfalla nuova da infilzare al muro.

Come si fa con le imaginette dei morti, che te li porti appresso nel portafoglio.

Pavane pour une infante défunte

Lo amavo, mamma, in quel modo tenace e cieco dei pazzi, quando lui diventa le tue mani, i tuoi piedi, i tuoi polmoni. E quando rimani senza, non stringi, non cammini più, respiri a scatti in preda all'asma. Lo amavo e lo riamavo per essere riamata, e forse non sono riuscita ad amare più nessuno e tra me e Michele si è formato il buco. C'è sempre uno che ama più dell'altro.
A turno.
Bisogna finirli, gli amori, prima di cominciarne di nuovi. Gli incompiuti galleggiano nei sotterranei del nostro cervello e sbucano fuori la notte, si rubano i nostri sogni, si camuffano sotto baffi di stoppa, tingono i loro capelli di fili grigi e insipienti. È un girotondo, l'eterno scambio di una persona che non se n'è mai andata e che riappare sotto false vesti.
Come papà. Che è rimasto intatto. E tu ti sei abbarbicata al suo fantasma, hai preteso il rimborso per la sua *prematura* scomparsa da una vita che assomigliasse ai tuoi programmi.

È che se ci penso adesso mi viene da ridere. Basta aspettare, tirare una riga e il tempo sistema tutto. Anche le illusioni più coriacee. Non lo hai fatto, mamma, ti sei avvinghiata al suo corpo tonico e muscoloso senza capire che c'è un limite anagrafico al sesso e all'amore, a una certa età gettano la maschera e diventano ridicole manifestazioni di vanità perduta. Se papà fosse qui, adesso, avrebbe i fianchi rotondi, le gambe rammollite dei vecchi, tossicchierebbe catarro e io lo costringerei a dirmi tutto di mia sorella.

Per te sarebbe imbarazzante.

Ti è andata bene, non credi? Niente sopravvissuti, niente confronti. Solo l'oblio e l'omertà di quelli che hanno sempre fatto finta di credere a un naturale corso del destino. Morte bianca, la chiamano, e chissà perché se a smettere di respirare è un neonato, la morte ha il colore della purezza.

Ho camminato fino al cimitero, questa mattina. Ho sceso le tre rampe di scale fino alla terrazza di verde dove lo avete seppellito.

Cercavo qualcosa.

Ho passato lo straccio sul marmo intorno all'aiuola di begonie, ho tagliato l'erba e spazzato le foglie. Ho composto nel vaso un mazzo di rose tea e rose Karen Blixen, quelle immacolate del giardino, mamma. Perché hai scelto quella fotografia? Papà stava meglio senza baffi. Una tomba è un luogo semplice. La sua non ha decori, gli somiglia, è solida e gentile. Il posto è pronto, ne hanno riservato uno anche per me. Staremo al sicuro, mamma.

Ho ispezionato l'angolo dei bambini. Lapidi allineate come figurine, una sequenza seriale di bambine dai capelli biondi come le spighe del grano e private anzitempo del diritto alla felicità. Ce n'è una senza data, un piccolo quadrato di marmo sudicio con un numero inciso al centro: 06.

Non ha un cognome, né un'identità.

Che numero era lei, mamma?

Avremmo avuto il nostro alfabeto segreto. Scritto all'incontrario, leggibile tenendo le pagine appoggiate allo specchio. Ho sempre desiderato una sorella con la quale parlare in modo da non farci capire da nessuno. Mi avrebbe aiutata a rialzarmi se fossi caduta per terra. E non sarebbe corsa a riferirtelo, medicandomi le ginocchia sbucciate.

Il Comune ha cambiato sede, l'hanno spostato nella vecchia scuola elementare negli anni Ottanta, un incendio ha distrutto i certificati di nascita anteriori al 1963, così quelli nati prima devono costruirsi da soli il loro passato anziché ereditarlo così com'era e inventarsi una parentela da apolidi, fantasmi di infanzie da abbellire a proprio piacimento.

Mi accuccio a terra, mamma, mentre tu sonnecchi. Starò qui sul cuscino ricamato a punto croce che ho preso dalla tua poltroncina di lettura. Aspetterò che tu abbia bisogno di sentire la mia voce. Onde di un un piccolo mare calmo che risciacquano la battigia arsa di sole.

Non ti lascerò sola con il mondo che si sta spaccando in due, non posso.

Every breath you take

La musica arriva a tratti, mi isola dai rumori e dal disinfettante della sua camera da letto. La lampada da tavolo proietta una pozza di luce sui martelletti. La sua silhouette è un'ombra che incombe sulla parete, gigantesca. Michele è salito al laboratorio, inaccettabile ospite della mia solitudine, e il cuore ha preso a picchiarmi in petto come una mina. È entrato senza bussare e mi si è parato di fronte, le maniche della camicia arrotolate, i fianchi pigri, la cintura in coccodrillo marrone e le spalle forti.

"Sei matto? Mi hai spaventata."

"Sei bella. Se ci avessi lasciato almeno un mobile mi ci sarei nascosto dietro, per spiarti. Come procede il lavoro?"

"Sono in disordine, non mi lavo nemmeno, ho un aspetto orribile."

"Ho detto bella, non profumata. Sono venuto a vedere come procede il mio rivale e a prenderti."

"Il fortepiano è pronto, devo solo lucidarlo e trovare un bravo accordatore. Prendermi per portarmi dove? Non posso lasciarla sola."

Come è difficile davanti alla gentilezza spiegare che ho bisogno di stare per conto mio! A furia di essere così ostica con tutti, finirò col restare sola per davvero, devo tenerlo a mente.

"Sei rinchiusa in questo santuario da cinque settimane. Sei pallida come un fantasma, non mangi abbastanza e hai bisogno d'aria. Lavati, cambiati e usciamo. Paghiamo un'infermiera e tua madre ha bisogno di una figlia in forma. Ho mollato lo studio per stare qualche ora con te."

È venuto a invadere la mia trincea, ma è una benedizione e non lo sa. O forse sì.

"Bugiardo. A Milano si muore di caldo e avevi bisogno di un po' d'aria. Dammi un quarto d'ora, mi faccio una doccia e andiamo a fare un giro in paese."

"Vado a salutare tua madre, intanto. E tu non essere melodrammatica."

C'è sempre una vena melodrammatica nelle donne, dovrebbe averlo imparato.

Every breath you take
Every move you make
Every step you take
I'll be watching you

Ogni respiro che fai
Ogni movimento che fai
Ogni passo che fai
Io ti guardo

Era la nostra canzone. Non ho badato al testo, distratta dalla bellezza di Sting. Invece avrei dovuto capire che in quei versi stava già scritto tutto.

"Sei prontaaa?"

"Arrivo."

L'aria è fresca, odora di pioggia e di fieno. Io so di sapone all'avena e di balsamo per capelli al mandarino. Quanto tempo è passato dalla nostra ultima passeggiata? Senza Fanny, noi due soli. Mi cinge le spalle con un braccio, gli stringo la vita con il mio e mi tornano in mente i due sposini di plastica con i piedini infilati nella glassa della torta nuziale.

Glielo ricordo.

"Abbiamo litigato quella volta, dicevi che erano grotteschi, io li trovavo il simbolo del matrimonio. Andiamo a vedere se la pasticceria è aperta."

Si scioglie da me e cammina con il busto leggermente piegato in avanti, le braccia dietro la schiena, ha un'andatura da parroco di campagna. Mi sono convinta che dice un sacco di bugie e non riesco a farci l'abitudine, penso che dietro ogni sua parola si nasconda il suo contrario. Sono una fissata e Michele è un gentiluomo.

Teoricamente si può vivere senza conoscere la verità. Nella pratica a me non riesce e questa continua incertezza mi rende sospettosa.

"Ti è servito il materiale?"

"Gliene ho lette delle pagine."

"Perché prendersela con lei adesso che non può difendersi, Nora? Ti sei infilata nel gorgo della sua malattia e questo è ammirevole da parte tua, ma non farti sopraffare dall'autocommiserazione. Non serve a nulla. Piuttosto sfrutta l'eccezionalità della situazione per fare chiarezza dentro di te. Osservata con razionalità, dal di fuori, potrebbe rivelarsi un'esperienza eccezionale."

"Chiarezza, razionalità, dal di fuori, ragioni così tu. È facile a dirsi, ma quando la guardo conciata in quel modo, sto semplicemente male, sai, in modo neutro. Sono avvolta da un malessere generalizzato."

"Ha bisogno di te. E anch'io."

"Tu hai bisogno di me? E da quando, Michele? Sta morendo, non se ne fa niente di me, adesso. Le parlo tutti i giorni, ma è un monologo, mormora dentro il respiratore, emette suoni che mi sforzo di tradurre."

"Da cosa scappi, Nora?"

"Non sto scappando. È che la mia memoria fa acqua. Ho dimenticato persino la nostra prima scopata, quella fatale, come la chiami tu. Quella di Fanny. In questi giorni ho cercato di mettere insieme i pezzi, ma è una fatica terribile, mi sembra di avere solo ricordi orrendi. Invece sono sicura di avere vissuto anche momenti felici. A proposito, quante bugie mi hai raccontato in quindici anni di matrimonio?"

"Ma come faccio a saperlo, tesoro?"

"Calcola quante me ne dici al giorno e moltiplichiamo per le settimane, i mesi, gli anni. Non è un gioco."

"Hai mai pensato, fanatica della verità, che una verità può anche ferire? Pensaci. Perché sei infelice con me, Nora?"

"Non sono infelice, con te sono tranquilla. Credo

180

solo che questo stato d'animo non abbia niente a che vedere con l'amore."

"È difficile amarti. Amarti bene, intendo. Sei esigente. Siete la mia vita, tu e Fanny, non ti basta?"

"Tutta la tua vita?"

"Tutta."

"La famiglia è tutta la nostra vita. Non ci manca nulla."

"Sopravvaluti il concetto di verità, lascia che te lo dica io, che ci convivo con le bugie. Sai quante volte un cliente mente? Parecchie. E devo difenderlo, ogni volta come se fosse innocente."

"Tu hai una vita segreta."

"Tutti, Nora, abbiamo una vita segreta. Non si sopravviverebbe, altrimenti, credimi, se davvero dicessimo tutto quello che ci passa per la testa. Non ti inganno, se è questo che intendi. Io non ti ho mai tradita, va meglio adesso?"

"Credo che anche la mamma mi abbia tenuto all'oscuro di una buona parte della sua vita."

"E questo ti fa soffrire?"

"No, non proprio soffrire. Mi fa incazzare."

"Usa la sua malattia per guarire dalle cose che ti hanno fatto incazzare. Guarda Fanny, pare sempre incazzata con te, ma ti adora. E vuole soltanto essere amata. Molto semplice."

La pasticceria è aperta. Non vendono gli sposi di plastica.

"Sono finiti, signora, dovrei ordinarli dal fornitore. Sa, non li mette più nessuno sulle torte di nozze, sono passati di moda."

Quintetto per pianoforte in mi maggiore op. 44
(da Fanny e Alexander)

"Sono tornataaaaaa!!!"
L'urlo selvaggio di Fanny crepita sulla ghiaia, un fragore in questo irreale silenzio monastico. Eccola, la mia piccola. Dopo quarantatré giorni, avvinghiata a suo padre come una rampicante, è quasi una versione più esile di se stessa. Si è allungata, ha il viso abbronzato, i brufoli che la tormentavano sono scomparsi, ha un nuovo taglio di capelli sfilacciati sui lati. Anche il seno è più florido, sostenuto da un reggiseno a balconcino che sporge da una canotta lurida e striminzita. Una F di brillantini spunta dall'ombelico.
"Hai fatto il piercing!!!"
"Mamma, in Inghilterra non bisogna chiedere il permesso dei genitori: ti prego, non arrabbiarti! È bellissimo!!!!"
Le corro incontro, vorrei strizzarmela addosso ma mi trattengo, nel solito timore che mi allontani. In effetti il piercing le sta benissimo. Illumina e tintinna.
"Come va, mamma? Ma sei bianchissima, guarda che colore ho io! Ho fatto una lampada prima di par-

tire, in quel cesso di posto pioveva due giorni su tre."

"Sono piena di regali," canticchia, mentre spalanca una valigia che deflagra di biancheria sporca e cd e accessori e braccialetti in gomma di diversi colori e microscopiche T-shirt che arrivano a coprirle a malapena i capezzoli.

"Questa è per te, mamma." Parla a raffica, mi mette in mano una cintura di paillette con l'Union Jack, lancia in aria un paio di Nike che emanano un odore acido e incredibilmente mi si aggrappa, sbracata come se fosse appena scesa da un traghetto. Nell'arco di pochi minuti l'atrio di casa è la succursale di un bazaar.

Nel mausoleo è tornato il rumore.

Non controllo la felicità e lo stupore di trovare cresciuto il geroglifico sul quale mi affanno da anni. Trattengo le lacrime nel timore che mi critichi e mi infilo la cintura nei pantaloni.

Fanny non cammina, corre. Attraversa la cucina riuscendo contemporaneamente ad armeggiare con i tasti del cellulare e le cuffie dell'iPod appese al collo, sventolando orgogliosa il Language Course Certificate con tanto di punteggio: "Excellent". Ho una figlia eccellente e bellicosa, mi ero dimenticata anche di questo. La guardo e penso che non è definibile, non è né questo né quello, sta arroccata dentro i suoi misteriosi confini, confortata dai suoi feticci. Cerca una presa per la batteria.

"Come è andata?"

"Bene."

"Bene come? Cosa facevate tutto il giorno? Hai conosciuto gente carina?"

"Solito, e poi ti ho dato la pagella, no? Il massimo dei voti, la pezza d'appoggio, come la chiami tu."
"Guglielmo...?"
"Ha detto che viene a trovarmi."
Non ha perso l'abitudine di tagliare corto, nemmeno fosse appena tornata da scuola. All'esuberanza dei gesti non corrisponde quella dei discorsi, una notizia come quella andrebbe declinata, spiegata. Viene a trovarci. Bene. Almeno vediamo a che punto è la faccenda. Michele l'aiuta a disfare il bagaglio, la guarda incantato in un'istantanea senza pregiudizi che basta a farmi sentire crampi di gelosia dentro lo stomaco. Ingoio la sua frenesia, mi sforzo di non giudicare. Voglio provare a non inserirla in nessuna categoria, ad ascoltarla. Il ritorno dal college è statisticamente un buon momento per cominciare una nuova vita. Nella lontananza avevo stabilito la distanza fisica necessaria a creare una certa autonomia, fra me e lei. Non trovo le parole, ma mi costringo a evitare i soliti càmbiati, cos'è quello schifo di smalto sulle unghie, sarai stanca perché non riposi?, fatti una doccia.
Vai a salutare la nonna.
È a casa da più di mezz'ora e non ha chiesto di lei. Ha l'orecchio incollato al cellulare.
"Chiamo la Franci, non ci sentiamo da un casino, cazzo, mamma."
"Anch'io non ti vedo *da un casino*, Fanny."
"Non cominciate a litigare, voi due."
Sono gelosa di quella ragazzina. Ha persino costruito un sito Internet dedicato alla loro amicizia. E

io, al solito, mi torco di invidia per chiunque sostituisca me con sms pieni di kappa e incomprensibili acronimi di affettuosità. L'età del disagio, la protezione e la rabbia: della mia si sono perse le tracce. Adesso non si lascia baciare nemmeno con la scusa che è tornata dalle vacanze. Pochi minuti e se n'è già andata l'intimità. Ho perso il turno. Dovrò lasciar passare l'adolescenza e solo quando sarò vecchia accetterà le misteriose catene che ci legano. Nonostante noi.

"Nora, avvocato..."

Il pizzetto di Nardi appare nel caos della cucina. Tiene le mani spalancate da spaventapasseri agli stipiti della porta, ci invita a salire, incupito da una nuova segretezza. Michele si volge verso Fanny con occhi carichi d'ansia. Non guarda me, lo stronzo. Protegge lei e riesco persino a patirci. Li prendo per mano. Saliamo la rampa di scale in un silenzio che svolazza come una mosca.

Nardi socchiude la sua porta, Fanny inciampa nel nulla. Ci avviciniamo. Imbragata nella maschera, lei è l'immaginetta di una santa disegnata sul cuscino di piume. Ha un sondino infilato nello stomaco: adesso la nutrono così. Sembrano diventati tutti più buoni e questo mi infastidisce come una barzelletta raccontata a metà. Michele tiene una mano posata sulla mia scapola con inusuale languore e la supponenza del protettore. Fanny le si accosta, lo sguardo sbigottito della bestiola in trappola. Non sostiene il peso del dolore, lo so, e non posso giudicarla. Bacia in fretta ciò che della sua fronte è rimasto libero da cinghie di cuoio e fibbie di metallo.

"Ciao, nonna."

Tre donne, tre generazioni si sfiorano per ritrovarsi nelle foto di famiglia. Fanny si volta apprensiva verso suo padre e si allontana barcollando all'indietro come un granchio, la testa bassa, il mento incassato nel petto. Il tempo del morire è cominciato anche per lei, catturata nelle fauci dell'indicibile. Non posso accompagnarla né proteggerla da una visione che comporrà, d'ufficio, la sua vita adulta.

Michele tiene le mani intrecciate in grembo, al cospetto di una sentenza già scritta.

Cede al mio bacio il testimone del suo inferno.

Senza lo scudo del camice, Nardi sembra un uomo normale. Sa di non potere nulla e abbandona i suoi giochi tecnologici inchinandosi al mistero, mentre su noi tutti sta per abbattersi, calmo, il lusinghiero abbraccio dell'angelo.

Lacrymosa

È una faccenda tra te e me, adesso.
I comprimari ci hanno lasciato la scena. La ballata di Luisa Cogliati nata Brivio, volge al termine. La storia di un grumo prigioniero di un corpo rotto, una fiaba moderna nella quale nessuno vive mai a lungo sazio e contento. Le tue ossa sono tenute insieme da stracci di pelle che ti cascano addosso, il costume del personaggio sbagliato, nell'opera sbagliata. Un esile Don Giovanni camuffato da Falstaff che ha zittito la sua risata indecente.
La luce è fioca e chissà perché l'hanno abbassata, in fondo si muore una volta sola e ci vorrebbero dei gran riflettori. Il momento è solenne e io dovrei soffrire, ma qualcuno ha dato un anestetico alle emozioni e non immagino nemmeno come andrà, quando tutto sarà andato a posto.
In questa trappola per topi, ipnotizzata dalla visione di noi due, la vista indebolita per il troppo guardare, non sento nulla di diverso dal respiro dell'attesa.
Dalle stecche della veneziana filtrano raggi sbilen-

chi che ti illuminano il necessario perché io possa mandare a memoria questa immagine di sinistra letizia. I pendenti di rubino che ho scelto per il congedo scintillano ai tuoi lobi, frivoli come bonbon. L'acidità del vomito sale alla bocca, è metallo fra i denti. Mi cedono le ginocchia. Credo sia normale, è la prima volta che vedo mia madre morire. Diranno di me, la figlia ha avuto un crollo, oppure è andata in pezzi, come se fossi un ponte, una chiesa, l'albergo bombardato dai kamikaze. Come se questo dolore fosse di troppo e invece è nell'ordine delle cose. Fa sempre così, bussa con timidezza, poi senza tante storie ti abita, un inquilino abusivo che rifiuta lo sfratto.

Stai passando dall'essere al non essere più.

"La morte avviene quasi sempre per cause respiratorie."

Lo hanno ripetuto fino alla nausea i soloni e ora eccola, l'atrofia del tuo diaframma, lo spago teso a pochi millimetri dai tuoi polmoni blocca l'invisibilità dell'ossigeno che dovrebbe soffiare vita. L'elastico si muove all'insù e all'ingiù, l'angelo lo tira a guisa di fionda ed espira fiato tiepido sulla punta delle mie dita. Immagino il lindo laboratorio della tua cassa toracica. Vorrei spalancarla, lasciare che i corvi allarghino le ali nere e volino via.

Non c'è grazia nello stantuffo di gas infetto che sputa la tua maschera.

Non c'è eleganza neppure nel mio comportamento.

La morte raccomanda silenzio, ma io la interrompo perché sono un'infedele.

Siedo di nuovo accanto a te, mamma.

Sollevo il tuo polso nel terrore di non sentire più il suo festoso picchiettio. Caverei dal bulbo i fili e il sondino che tu stessa – se potessi guardarti – giudicheresti esteticamente indecenti. Strofino il palmo della tua mano ossuta con le dita a pennello, ti tratto come uno dei miei pezzi di legno. Non c'è più tempo per una fiaba, per i tuoi distratti "c'era una volta". C'è adesso e basta, per noi. Una donna profumata di colonia e una ragazzina imperfetta e ingrata e tirannica e capace di ogni efferatezza. Un corpo che racconta la sua storia, il segno roseo dell'appendicite, i peli radi del pube, la cicatrice dell'intervento al polmone, il mascara sulle ciglia.

Siamo noi. Io di qua, tu di là da una sponda.

Sono venuta qui con un senso di fastidio, ho pensato che avresti potuto emanare un cattivo odore.

E non c'è niente di più seccante di una madre che puzza.

Devi sapere che questo passaggio dalla tua vita alla mia morte mi terrorizza. E il tuo respiro sempre più ansante, la voce malferma, l'equilibrio sempre più labile non sono certo d'aiuto per avere un poco di lucidità.

Mi assilla, in uno schivo ronzio, la parola orfana.

Quando uno muore si dice che ha perso la sua battaglia contro il male. Qual è stato il tuo nemico, mamma? Ripetimi che non sono stata io.

Mi spoglio e mi corico accanto a te oscenamente nuda. Sento addosso il peso che ti blocca il torace e il castigo di chi non è riuscita a parlarti per tempo. Incollata a te, fianco contro fianco, una stoffa impalpabile ci separa. Intreccio le tue anche ossute, le tue gambe secche come manici di scopa, hai i piedi freddi e non trattieni un brivido, come quando spazzolavi i miei riccioli neri e mostravi gentilezza tra i nodi che nascevano come formicai tra i miei capelli.

Dipano la foresta di cannule trasparenti che ci separano e appoggio la mia guancia sul tuo seno. Allungo il braccio sul grembo dal quale nasco nuovamente, mi abbarbico a quello che è rimasto della mia mamma di una volta. Permetti che io strisci dentro di te a vigilare i muscoli e i tendini induriti e fermare la loro cieca guerra?

Non avverto più la paura. Solo collera calma.

Avevi una cellula d'uovo qua dentro che, afflitta da ingiusta solitudine, si è spaccata in due. Era il nostro istinto di sopravvivenza, mamma, per suddividere i rischi e aumentare le possibilità di una vita felice. Non ti andava giù, questa coppia così unita, senza rivalità, un'àncora alla quale potersi aggrappare senza chiedere aiuto a estranei. Peso alla nascita: un chilo e ottocento grammi l'una, un chilo e novecento grammi l'altra. Poco più di tre chili in due, mamma. Non ci avremmo messo molto ad avere un peso accettabile per essere mostrate alle amiche. Non hai avuto pazienza di aspettare che diventassimo come tutte le bambine normali?

Nessuno avrà pensato a lei, ho chiesto in giro, mamma, nessuno se la ricorda. Faremmo i turni, qui strette alla tua vita che è tornata sottile come un tempo. Suppongo che tu ci tenessi in braccio insieme. Ecco, vorrei sapere: io stavo a destra o a sinistra? Succhiavamo tiepido latte dai tuoi capezzoli scuri come noci un goccio per ognuna. Parlavi con entrambe, mamma, volgendoti ora verso l'una, ora verso l'altra, come se il tuo viso fosse una palla da tennis che ruotava – a passo di *barcarole* – per indovinare quale fosse la più bella?

E qual era la più bella, mamma?

Era un duplicato di Nora. Un'emarginata moltiplicata per due fa due emarginate. Hai messo me in una culla di vimini, lei dentro il cassetto della credenza. Non avresti nemmeno potuto confonderti. Io sono mora. Lei aveva un velo di lanugine bionda sul cranio con la fontanella molle al centro. Nonostante l'apparenza, al nastro di partenza siamo tutti uguali. Stesse potenzialità, stesse misure, stesse illusioni. Sapevi che ci saremmo raccontate tutto, non appena finita quella messinscena. Ci avresti insegnato a dire mamma. E noi giù a sillabare pa-pa-pa, e poi ta-ta, tatààà, da-da-da. Motivetti scemi travestiti da ripicca. I bambini sanno essere feroci e noi non saremmo sfuggite alla regola. Sarei stata la seconda anche se non fosse successo, per via della solita questione. La responsabilità dei primogeniti.

Non eravamo un legame, solo due uova dello stesso paniere. Saremmo state bene noi tre insieme. Ti saresti mostrata alle tue gemelle, sbalordita da quella doppiezza e sorretta da un'angustia che mi ha sempre irritata perché non ne ho mai capito l'origine. Mettevi scompiglio fra i miei pupazzi, senza sapere che ognuno di loro aveva un posto assegnato, nome e cognome e, soprattutto, una sua personalità definita. I suoi disegni avrebbero avuto colori più squillanti dei miei.

Cosa avresti desiderato per noi?

È stato un raptus, mamma, anche se Michele sostiene che i raptus sono stratagemmi dei consulenti psichiatrici per scongiurare l'ergastolo al detenuto.

Hai premuto un cuscino ricamato a piccolo punto sul suo nasino a patata. Puf, puf. Puuuf. Fine del respiro. La morte per soffocamento non lascia segni visibili e si spaccia facilmente per disgrazia. Non puoi avere conservato un tale orrore da sola per così tanti anni. Ora papà non può più criticare, arriva sempre il momento in cui affannarsi è inutile, occorre avvicinarsi il più possibile alla verità.

Ho visto la sua tomba, come ti ho detto. Non ha fiori né ghirlande. Né date che contrassegnino un vagito e una esalazione. Come se non fosse mai esistita. E invece c'era, mamma. L'hai lanciata nella buca del flipper come una pallina.

Hai pensato a lei per tutti questi anni?

Hai coperto Margherita con il lenzuolino e sei rimasta a vegliarla.

Cosa facevo io, mentre la guardavi?

Il tuo corpo mi risucchia, la figlia adulta torna nel luogo da dove tutto è cominciato. Bacio i lobi delle tue orecchie dove cascano ciocche d'argento madide di sudore. Avverto una tensione nella tua spalla destra.

Accosto il mio orecchio ancora più vicino alle tue labbra.

Imploro.
Articola le parole e mi sentirò accolta, ristorata.
Prima di lasciarti andare, mi urge, dentro, un'unica risposta che invoca, rabbiosa come le pustole della febbre che ti ha intossicata.
"Mamma, ci sei?"
"Nora, sì."
Soffi il mio nome dentro la proboscide di plastica agganciata al cordone artificiale che ti trattiene a me. Mi illudo per un attimo che tu stia per scattare in piedi a dirmi "ciao, chi sei?"
Cerco di ricordare la vera voce di mia madre. La sclerosi gliel'ha squamata un poco alla volta. Fremono le ali di una farfalla bianca che è entrata dalla finestra e si è posata sul muro accanto al volto della Madonna che ci osserva sopra la testiera. La suggestione della solitudine sotto questa cupola affrescata mostra segni e prodigi.
"Perché, mamma? Perché non me?"
Il tuo petto si alza e si abbassa come uno stantuffo, ed è come se io vedessi in trasparenza un cuore che ci batte dentro. Cuore rosso. Potente. La gola pulsa come se avesse una noce al centro. Sputala, altrimenti ti soffocherà, lo ha detto il dottore. Emetti un debole lamento, un filo di saliva ti cola all'angolo della bocca. Te lo asciugo con il fazzoletto. Uno spasmo alla mano destra, lo vedo, una contrazione e poi un'altra e un'altra ancora stropicciano il lenzuolo. Le tue labbra tremano come ali di mosca, screpolate di fatica.
Gorgogli il mio nome in un confuso borbottio.

"Nora."
Ammiro lo sforzo, ma sono io a chiedere, io a imporre.
Io devo tornare normale.
Dare spiegazioni a Fanny.
"Eccomi, mamma."
Perché quelle fessure dorate nei tuoi occhi? È sorpresa, forse? Ti stringo e vorrei stritolarti di carezze e abbracci e non ritrovarti come un cioccolatino nella scatola quando è già scaduto. Mi stavo affezionando alla moribonda piagata, mi stavo abituando alla cadenza lenta di giornate tutte uguali. Mi mancherà l'appuntamento quotidiano col tuo viso morente e il suo livido colorito.
Non andare via.
È stata la mia estate con te.
Non andartene un'altra volta senza avere collaborato. Per favore, esaudiscimi.
"Perché non me?"
Non sei che un organismo vivente, né più né meno che una foglia di insalata che respira, eppure è un'occhiata d'intesa quella che si sta posando, stupita e viva, viva, mamma! su di me. Sei tutta occhi, "ti vedo, Nora", dicono questo, sono gli stessi del neonato che vede il mondo per la prima volta. Allora prendi fiato, raccogli le forze rapprese e abbraccia la tua piccola, infame bambina. Ti sto costringendo, lo so, ma le tue facoltà mentali sono intatte e occorre approfittarne. Sono un corpo nudo vicino a te, mi avvolgo nei fili che tengono vivo il tuo respiro. Dalla protesi di gomma che ti sommerge fuoriesce un vagito, il gorgheg-

gio acuto del soprano, il sibilo del serpente prosciugato del veleno, il sussurro del poeta. I tuoi suoni gemono inarticolati. Emetti, ti imploro, l'oracolo che mi preme ascoltare.

Puoi farlo, mamma, tanto siamo sole, tu e io, forse per l'ultima, vera volta.

Ecco, ti sforzi di parlarmi, lo sento con chiarezza, adesso.

Concentrati. Prendi fiato e fai schioccare le parole. Sono l'unica cosa che ci resta.

Perché solo le parole spiegano.

"Perché, mamma?"

Ti sto offrendo una possibilità di redenzione, una pena lieve che allontanerà da te l'incubo della terra che aspetta.

"Perché non me?"

Dal tubo che si allunga ascolto le miserie oscure dell'agonia. Ti sono testimone e interprete. Ti chiamo. Ti tocco. Reagisci. Respiri con la bocca ansimante in un ghigno di tardiva disperazione, ti ribelli con il vigore estremo dell'animale in trappola all'oppressione del soffocamento.

E del non detto.

"Perché non hai ucciso me?"

Il tuo viso si contrae in uno sberleffo.

Dalla tua gola sbuca un sussurro. Roco e profondissimo.

Ecco il tuo definitivo, scomposto rantolo.

Graffi impaziente il lenzuolo con le belle dita fresche di manicure, indichi il cilindro trasparente che ti sovrasta. Vuoi toglierlo, vero? Hai ragione, mamma, ribelliamoci agli ordini del medico e alla signora con la croce rossa sul cappello.

Affrontiamo l'evento a viso aperto.

Ti sgancio delicatamente le cinghie dal capo e il tuo viso, bellissimo, fiorisce come le tue rose nella luce del mattino, giù, in giardino.

Solo un attimo, dottore, la prego, solo un attimo, non si arrabbi. Devo parlare con mia madre.

Ti libero, lo stantuffo si ferma, tu respiri da sola, mamma, sgrani gli occhi, lampare che illuminano il golfo nella notte, all'isola, laggiù. Affondi gli occhi dentro i miei, affluenti che si fondono per correre, liberi, verso il mare aperto.

Non zittire, proprio adesso, l'acuto suadente del corno, ti prego. Squittisci, mio topolino. Pigola, fragile allodola libera dall'inferno della gabbia.

Sbatti le palpebre di cartapesta, in un'ultima strofa d'amore.

Un flusso di adrenalina mi salva dall'incubo, come accade nel travaglio, quando il figlio si annuncia.

Apri il tuo spiraglio colore della pece, sulle tue labbra leggo, chiara, la parola pietà. Esaudisci la mia atea preghiera: "Perché non hai ucciso me?"

"Perché tu mi hai sorriso, Nora."

Signor Presidente, Signori della Corte,

mettere ordine nella sequenza degli atti di questa particolarissima indagine significa fare giustizia in una storia che definirei "di ordinario dolore", senza timore di sottovalutare, con questo termine, il profondo disagio psichico in cui hanno vissuto la mia assistita e la di lei madre, ingiustamente accusata di infanticidio. Tenuto conto delle eccezionali condizioni emotive di una donna trovatasi per sua volontà ad accompagnare la madre verso l'estremo congedo dal mondo terreno, sono qui davanti a voi per sciogliere un capo di imputazione che, analizzato in ogni suo dettaglio, si è rivelato infondato perché insussistente.

Mettere ordine significa dimostrare come l'indagine svolta in assoluta solitudine da Nora Cogliati, mia amatissima moglie, sia interamente frutto di una crescente contaminazione delle fonti dichiarative di un atto di nascita casualmente reperito in un cassetto, nonché di una deviante suggestione emotiva prodotta da ipotesi elaborate sulla base di intuizioni e attraverso un crudele meccanismo di inquinamenti mentali.

Inquinamenti mentali del tutto legittimi e umanamente comprensibili, Signori Giudici!

È bene chiarire subito che la pressione investigativa di Nora Cogliati va considerata conforme ai codici imperscrutabili della fragilità umana a causa dell'oggetto particolare delle indagini, quell'atto di nascita, di ciò che esso rappresenta e che per una serie di avverse contingenze ebbe ad agire come causa degli errori e delle contaminazioni probatorie successivamente elaborate. Noi sappiamo, Signori della Corte, che vi sono diversi approcci metodologici al problema della valutazione della prova. Mettere ordine significa dunque individuare i segni evidenti di quella che definiamo la fenomenologia dell'errore giudiziario, un errore nato da un dolore, che dimostrerò essere stato prodotto da una ferita mai cicatrizzata.

Concorderete con me che la sofferenza non è un evento straordinario e riservato a pochi, ma può toccare tutti e diffondersi nell'essere umano con virulenza inarrestabile nonostante vi si opponga resistenza, arrivando, come la più subdola delle malattie, a infiltrarsi nella mente, anzi vorrei poter dire – se la parola non risultasse inopportuna nell'aula di un Tribunale – in quella parte a noi tutti invisibile che per convenzione usiamo chiamare "anima". La sofferenza corrode le creature più ingenue e sprovvedute di fronte ai misteri che la mente governa e che noi uomini di legge siamo indotti, per convenzione, a decifrare sui codici. Ascoltate con me le dolci armonie di questo fortepiano tornato in vita grazie alle cure che a esso ha rivolto la mia assistita, è suonato con grazia assoluta da un giovane di sedici anni di nome Guglielmo che ha avuto in dono il talento del saper fare musica, e il primo sguardo da innamorata della mia figliola Fanny, mentre io sono qui a immaginare che ciò che dovrà regolarvi nella valutazione dell'attendibilità di un teste d'accusa, quale si può definire la mia assistita, non è altro che il suo interesse a cercare ed esporre la verità.

Nora Cogliati, che voi ora intravedete nel salone di questa villa tra gli ospiti del concerto che ella ha voluto organizzare in memoria della sua mamma, proprio per una fatalità collegata alla funzione della memoria a lungo termine, ha commesso una serie di errori del ricordo. Ne converrete con me, Signori Giurati, dopo avere ascoltato la ricostruzione di quello che si è rivelato agli occhi del difensore poco più di un vecchio foglio di carta dal valore legale nullo.

La firma, Signori! L'atto di nascita della mia assistita datato 10 gennaio 1956, la cui copia fotostatica trovate allegata, non può considerarsi valido a causa dell'assenza della firma dell'Ufficiale dello Stato Civile che iniziò sì a compilarlo come il suo dovere imponeva ma che evidentemente, per ragioni che non conosciamo, inavvertitamente si macchiò e venne abbandonato in favore della compilazione di un nuovo, definitivo atto, poi bruciato negli uffici comunali del piccolo paese che ci ospita. Fu quella macchia a innescare nella mente di Nora Cogliati una serie impressionante di supposizioni e un atroce quanto farneticante sospetto, che arrivai a smascherare recandomi io stesso con la mia assistita – il 15 settembre scorso, dopo che la signora Luisa Brivio ebbe sepoltura nel cimitero di Montevecchia – presso l'archivio della chiesa parrocchiale di San Giovanni Battista a consultare il registro dei battesimi. Il 13 gennaio 1956 Nora, Maddalena, Margherita Cogliati, primogenita e unica figlia di Luisa Brivio e di Giacomo Cogliati, ricevette il sacramento del Battesimo dalle mani del parroco, don Bruno, e venne per praticità, certo, successivamente registrata dal padre all'anagrafe del Comune di residenza, Milano, con il solo nome di Nora Cogliati. Il certificato di nascita, che trovate allegato agli atti, rivela dunque che mai è esistita una sorella gemella e che i tre nomi vennero attribuiti a un'unica bambina. Svelato davanti ai suoi occhi, il semplice mistero si sciolse come neve al sole e io la vidi sorridere di se stessa con un misto di sollievo e persino di vergogna per un sospetto che in fede possiamo attribuire unicamente all'eccessiva e tormentata emotività di mia moglie e alla particolare situazione in cui essa si trovava in quelle settimane. Nora Cogliati comprese, dunque, ciò che può accadere a ognuno di noi, Signori della Corte, cioè che ogni immagine, ogni percezione può essere dal nostro cervello frantumata in mille piccoli pezzi, proprio come quando le voci vanno da una parte, le immagini visive da un'altra, i colori da un'altra ancora, le linee orizzontali da una e le linee verticali dall'altra e poi, nel momento in cui vogliamo forzatamente ricordare qualcosa – e in questo alligna il rischio della ricostruzione del falso ricordo indotto da un'eccessiva sensibilità – nel tentativo di ricostruire, afferriamo un ricordo da una parte, un brandello dall'altra, alcuni frammenti si sovrappongono nella nostra mente, altri, invece, si volatilizzano e alfine si propongono alla nostra memoria eventi fantasmatici, immagini prodotte dalla nostra fantasia con l'inconscia volontà di adeguarci alle domande che noi stessi con insistenza formuliamo, alle ipotesi che con sollecitudine a noi stessi prospettiamo.

"Io," mi dirà Nora Cogliati, sollevata alla vista di quel registro di battesimo e di quel certificato, "sentivo le cose con la certezza che fossero vere, poi molte altre le ho ricostruite a posteriori."

Le impressioni, Signor Presidente e Signori Giudici!

Le impressioni sono quelle che si ricordano meglio di ogni fatto realmente accaduto. Sulle impressioni noi talvolta interroghiamo nei nostri Tribunali e nelle Corti d'Assise i testimoni, su percezioni psicologiche della realtà e sulla valutazione della prova, anche se il codice vieta ai testimoni di riferire impressioni e sensazioni, invitando a riportare fatti concreti, evidenti, visibili e realmente accaduti. Non possiamo fare i processi basandoci sulle impressioni. Non in questo caso. Leggo sollievo sui vostri volti, Signori Giudici, un sollievo che, senza timore di peccare di vanità, mi onoro di attribuire alla chiarezza della mia rivelazione e al suono della musica che l'accompagna in sottofondo: è una *Sonata* di Domenico Scarlatti e le zie – sorelle e amiche d'infanzia di mia suocera convenzionalmente associate in un'unica definizione – che hanno accettato l'invito con un misto tra curiosità e stupore: "un concerto? E perché non una messa di suffragio?", sembrano esserne, come noi, deliziate.

Bene, la verità, come le note che state ascoltando da questo angolo di casa, sulla soglia del salone dove il profumo di cannella delle candele si fonde all'odore di cera del parquet, la verità dicevo, è luce. Una luce che estingue i dubbi, che chiarisce ogni cosa, ma non può rendere visibili i ricordi che si sono rimossi e che – e qui concludo – potranno spiegare a tutti voi come ha potuto la mia assistita immaginare un delitto così orribile compiuto dalla madre che ella tanto amava.

Per spiegarlo – e perdonate questa digressione nella sfera personale che non dovrebbe trovare spazio in una arringa – tornerò per un momento a quando vidi per la prima volta insieme mia moglie Nora e la nostra Fanny: gliela appoggiarono sul petto, il corpicino scosso e ancora sporco di sangue, io ero dietro di lei e piangevo, in silenzio, accarezzando quella minuscola creatura, profondamente grato alla giovane donna che me l'aveva donata. Una volta tornati a casa, tutto cambiò. Mia moglie cadde vittima di una grave forma di depressione e mi confidò di provare apatia, irritazione, addirittura disgusto per se stessa e per la bambina che aveva generato. Consigliarono il ricovero.

"L'amore non è mai disgiunto dall'odio, l'ambivalenza amore-odio è presente in tutte le madri, avvocato. La nascita di un bambino è un atto irreversibile che cambia la vita, per sempre," mi spiegarono i medici che la presero in cura, rassicurandomi sull'effetto delle terapie farmacologiche e dei colloqui con gli specialisti ai quali sarebbe stata sottoposta. Il quadro clinico, infatti, fu chiaro da subito: depressione post partum acuta, anche conosciuta come "Baby Blue", una malattia provocata da fattori fisici – calo di estrogeni e progesteroni, calo degli ormoni prodotti dalla tiroide – e psicologici, quali un profondo senso di inadeguatezza nei confronti del nuovo nato e, nei casi più gravi, da un irresistibile e inconscio desiderio di fare del male e persino di uccidere il figlio, come estrema forma di protezione dalle insidie della vita quotidiana.

Per sei settimane, Nora non chiese di Fanny.

Ero annichilito, ma ho fatto appello a tutte le forze della ragione per capire. È stata curata. Ed è tornata lei. Ma quando in un essere umano un'esperienza è troppo forte e diventa inaccettabile, accade che ci sottraiamo alla realtà o neghiamo addirittura che essa esista, per esempio, attraverso l'amnesia. Questo è accaduto a Nora Cogliati, la donna sorridente che voi vedete seduta sulla poltroncina di prima fila con una nuova serenità sul viso, elegante nei pantaloni a vita alta fermati da una cintura, la camicia bianca e il gilet, gli orecchini con la perla che io stesso le ho regalato per i suoi quarant'anni.

Guardatela, mentre le sue labbra cantano a voce bassa *Like a bridge over troubled water*, non la trovate bellissima e amorevole mentre stringe fra le sue le mani della nostra adorata Fanny? Guardatela e sappiate che ella ha dimenticato quello stato di prostrazione profonda in cui era caduta, ella ha rimosso, ha cancellato dalla sua coscienza quelle sei settimane di "non amore".

Ora, a riprova di quanto l'uomo sappia nascondere a se stesso la verità attraverso il semplice meccanismo dell'autoinganno, nel ringraziare il Presidente e codesta Corte di avermi ascoltato, io vi chiedo, secondo coscienza e secondo ragione, di assolverla.

La musica

Alice
(Francesco De Gregori)

Where the streets have no name
(U2)

Home Again
(Carole King)

My Way
(Frank Sinatra)

Emozioni
(Mogol-Battisti)

It's too late
(Carole King)

Moonshadow
(Cat Stevens)

Mother
(John Lennon)

Sonata in do minore
(Franz Joseph Haydn)

Moon River
(Henry Mancini)

You're so vain
(Carly Simon)

Unforgettable
(Nat King Cole)

Only love can break your heart
(Neil Young)

Lady of the Island
(Crosby, Stills & Nash)

Father and Son
(Cat Stevens)

Sorry seems to be the hardest word
(Elton John)

The Poet Acts
(Philip Glass)

The heart asks pleasure first
(Michael Nyman)

The Fountain of Salmacis
(Genesis)

Pavane pour une infante défunte
(Maurice Ravel)

Every breath you take
(Police)

Quintetto per pianoforte in mi maggiore op. 44
[da Fanny e Alexander]
(Robert Schumann)

Lacrymosa
[dal Requiem]
(Wolfgang Amadeus Mozart)

Bridge over troubled water
(Paul Simon)

Desidero ringraziare

I medici Corrado Lodigiani, Elisabetta D'Adda, Corrado Guglieri

Gli avvocati Mario Brusa, Ugo Saponaro, Vittorio Russi, nonché l'avvocato Francesco Petrelli, il cui lavoro ha ispirato l'arringa finale

Il liutaio Lorenzo Rossi e il suo fortepiano

Gli amici Fabio Ceresa, Marco Taralli, Francesco Maria Colombo, Monica Galassi, Roberta e Brunella Mascheroni, Giuseppe Andaloro, Anna Bandettini, Roberto Di Lellis, Francesco Alberti

Gianfranco Pierucci, un grande cronista

Milly Moratti e il suono dell'arpa della sua mamma

Enzo Gentile e Alberto Triola, che amano e conoscono la musica e hanno composto, con me, la colonna sonora di questo romanzo, insieme a Renata Gentile e alle canzoni della sua giovinezza

Elisabetta Sgarbi, che trasforma gli sguardi in parole. E sono sempre quelle giuste

Eugenio Lio, che usa le cesoie sui dattiloscritti meglio di un giardiniere inglese

Valeria Frasca, Frida Sciolla, Isabella D'Amico, Stefania Eusebio e tutte le ragazze dell'Ufficio Stampa Bompiani

Mario Andreose, al quale basta un battito di ciglia

Vicki Satlow, agente e amica

Grazie a mia figlia Giulia e alla sua adolescenza, che hanno ispirato il personaggio di Fanny

Letteraria Bompiani

Ultimi titoli

(il numero in esponente si riferisce all'ultima edizione):

Diego Marani, *Nuova grammatica finlandese*
Petros Markaris, *Ultime della notte*
Claire Calman, *Amore è una parola*[3]
Romina Power, *Ho sognato Don Chisciotte*
Bruno Maddox, *Il mio vestitino azzurro*
Anne Carson, *Autobiografia del Rosso*
Hanif Kureishi, *Mezzanotte tutto il giorno*
Carmen Llera Moravia, *Finalmente ti scrivo*
Marco Parma, *Ciao Max*
Amin Maalouf, *Il periplo di Baldassarre*[3]
Jay McInerney, *Com'è finita*
Barry Gifford, *Wyoming*
Paulo Coelho, *Il Diavolo e la Signorina Prym*[15]
Alberto Moravia, *Racconti dispersi 1928-1951*
Alain Elkann, *Interviste 1989-2000*[2]
Stephen Foster, *Come pelle che si rompe*
Julianna Baggott, *Tra noi due*
Joyce Carol Oates, *Blonde*
David Macfarlane, *Finita l'estate*
Michael Cunningham, *Carne e sangue*
Umberto Eco, *Baudolino*
Mark Fisher, *Il Milionario*[2]
Luca Canali, *"Una giovinezza piena di speranze"*
Caroline Hamilton, *Polo Sud 2000*
Vittorio Bonadé Bottino, *Memorie di un borghese del Novecento*
Paola Capriolo, *Una di loro*
Diego Cugia, *NO*
Patrick McGrath, *Martha Peake*[3]
Yasmina Reza, *Una desolazione*

Chang-rae Lee, *Una vita formale*
Michael Paterniti, *A spasso con Mr. Albert*
Margaret A. Salinger, *L'acchiappasogni*
Giuseppe Ferrandino, *Saverio del Nord Ovest*
Kenneth Patchen, *Memorie di un pornografo timido*
Assia Djebar, *Vasta è la prigione*
Hanif Kureishi, *Il Budda delle periferie*[2]
Amin Maalouf, *Il primo secolo dopo Beatrice*
Petros Markaris, *Difesa a zona*
Molly Jong-Fast, *Normal Girl*
Andrés Neuman, *Bariloche*
Sandra Benítez, *Il peso di tutte le cose*
Paulo Coelho, *Il Cammino di Santiago*[18]
Daniel Woodrell, *Il bel cavaliere se n'è andato*
Hanif Kureishi, *Il dono di Gabriel*
Brady Udall, *La vita straordinaria di Edgar Mint*
Erica Jong, *Miele & Sangue*
Clark Blaise, *Il Signore del Tempo*
Michel Houellebecq, *Piattaforma*[5]
Charles Dickens, *Il mistero di Edwin Drood*
Alain Elkann, *John Star*
Alice Ferney, *La conversazione amorosa*
Jean-Paul Enthoven, *Aurore*
Patrick Rambaud, *C'era la neve*
Simon Reeve, *I nuovi sciacalli*
Ennio Flaiano, *La notte porta consiglio*
Michael Cunningham, *Una casa alla fine del mondo*
Edoardo Nesi, *Figli delle stelle*
Simon Reeve, *Un giorno, in settembre*
Umberto Eco, *Sulla letteratura*
Laure Delmas, Thomas Gauthier, *Detenuto cerca corrispondente disponibile*
Mark Fisher, *Tanto può il cuore*
David Francis, *Agapanthus Tango*
Massimo Bettetini, Giovanni Paolo II, *Strade d'amore*
Khaled al-Berry, *La Terra è più bella del paradiso*
Masal Pas Bagdadi, *A piedi scalzi nel kibbutz*

Diego Marani, *L'ultimo dei vostiachi*[2]
Michel Houellebecq, *Lanzarote*
Sandro Veronesi, *Superalbo*
Andrzej Stasiuk, *Corvo bianco*
Patrick McGrath, *Spider*[4]
David Lodge, *Pensieri, pensieri*[2]
Jessica Durlacher, *La figlia*
Pierre Godeau, *Gli eredi di Ippocrate*
Claire Calman, *Il papà della domenica*
enrico ghezzi, *stati di cinema*
Hanif Kureishi, *Otto braccia per abbracciarti*
Matthew Kneale, *Il passeggero inglese*
Allen Kurzweil, *L'orologio di Maria Antonietta*
Shan Sa, *La giocatrice di go*
Chiara Gamberale, *Arrivano i pagliacci*
Patricia Highsmith, *Uccelli sul punto di volare*
Charmaine Craig, *Storia d'amore e di eresia*
William Fiennes, *Le oche delle nevi*
Pierre Combescot, *Le piccole Mazarine*
Younis Tawfik, *La città di Iram*
Andrew Miller, *Ossigeno*
E.S. Rajze (a cura di), *Racconti e storielle degli Ebrei*
Dubravka Ugrešić, *Il museo della resa incondizionata*
Justin Cronin, *Mary & O'Neil*
Matthew Hart, *Diamanti*
David Davidar, *La casa dei manghi blu*
Edward Carey, *Observatory Mansions*
Luca Canali, *Reds. Racconti comunisti*
Rachel Simon, *In autobus con mia sorella*
Nick McDonell, *Twelve*
Joyce Carol Oates, *Misfatti*
Giuseppe D'Agata, *Il medico della mutua*
Ivan Cotroneo, *Il re del mondo*[2]
Rick Moody, *Racconti di demonologia*
Maxence Fermine, *Opium*[2]
Alain Elkann, *Una lunga estate*[5]
Paulo Coelho, *Undici minuti*[24]

Mohsen Makhmalbaf, *Il giardino di cristallo*
Claire Calman, *È così che mi piace*
Hanif Kureishi, *Il corpo*[2]
Michael Cunningham, *Dove la terra finisce*[3]
Erica Jong, *Il salto di Saffo*[4]
Patricia Highsmith, *Gli occhi di Mrs. Blynn*
Andrzej Stasiuk, *Il cielo sopra Varsavia*
Mark Fisher, *Il testamento del Milionario*
Gregory Norminton, *La nave dei folli*
Patrick McGrath, *Acqua e sangue*
Tahar Ben Jelloun, *Amori stregati*[3]
Pat Conroy, *La mia stagione no*
Karen Duve, *Romanzo della pioggia*
James Ellroy, *Destination: Morgue*
Giovanni Paolo II, *Trittico romano*
Lídia Jorge, *L'eredità dell'assente*
Paola Calvetti, *Né con te né senza di te*[6]
Elena Loewenthal, *Attese*[4]
Cristina Mondadori, *Le mie famiglie*[2]
Saira Shah, *L'albero delle storie*[2]
Edward Carey, *Alva e Irva*
Michael Marshall, *Uomini di paglia*
Diego Marani, *L'interprete*
Maxence Fermine, *Billard Blues*
Petros Markaris, *Si è suicidato il Che*[2]
Patrick McGrath, *Port Mungo*[3]
James Ellroy (a cura di), *Il meglio del Mystery americano*
Imre Kertész, *Il vessillo britannico*
Umberto Eco, *La misteriosa fiamma della regina Loana*[2]
Frédéric Beigbeder, *Windows on the World*
Amin Maalouf, *Origini*
Amos Gitai, *Monte Carmelo*
David Lodge, *Dura, la vita dello scrittore*
Andrea De Carlo, *Giro di Vento*[3]
Joyce Carol Oates, *Stupro*
Jean Hatzfeld, *A colpi di machete*
Tahar Ben Jelloun, *L'ultimo amico*

Edoardo Nesi, *L'età dell'oro*[3]
Hanif Kureishi, *Il mio orecchio sul suo cuore*
Shan Sa, *Imperatrice*
Sabine Dardenne, *Avevo 12 anni*
Woody Allen, *Sesso e bugie*[2]
Philippe Grimbert, *Un segreto*
Simone Perotti, *Stojan Decu, l'altro uomo*
Elena Loewenthal, *Eva e le altre. Letture bibliche al femminile*
Maxence Fermine, *Amazone e la leggenda del pianoforte bianco*
Diego Marani, *Il compagno di scuola*[2]
Camilla Baresani, *L'imperfezione dell'amore*[3]
Antonio Scurati, *Il sopravvissuto*[6]
Paulo Coelho, *lo Zahir*[10]
Rick Moody, *Il velo nero*
James Ellroy, *Scasso con stupro*
Abdellah Hammoudi, *Una stagione alla Mecca*
Michael Marshall, *Eredità di sangue*
Joseph Zoderer, *Il dolore di cambiare pelle*
Zoë Heller, *La donna dello scandalo*
Patrick McGrath, *La città fantasma*
Sarah Salway, *Il lessico dell'amore*
Claire Calman, *Te lo giuro*
Patricia Highsmith, *Gioco per la vita*
Alessandro Bergonzoni, *Non ardo dal desiderio di diventare uomo finché posso essere anche donna bambino animale o cosa*[2]
Edward P. Jones, *Il mondo conosciuto*
Michel Houellebecq, *La possibilità di un'isola*[4]
Michael Cunningham, *Giorni memorabili*[2]
Sandro Veronesi, *Caos calmo*[5]
Alain Elkann, *Giorno dopo giorno*
Tom Egeland, *Il cerchio si chiude*
Yi Munyol, *Il Figlio dell'Uomo*
Alice Ferney, *In guerra*
Ivan Cotroneo, *Cronaca di un disamore*

Finito di stampare
nel mese di gennaio 2006 presso il
Nuovo Istituto Italiano d'Arti Grafiche - Bergamo

Printed in Italy